为一个村庄，留下一截文字，也许，
这里也有你的村庄、他的村庄的影子。

这些村庄在中国的大地上，繁衍生息。

大于村

乡村生活的记忆

于继勇 著

黄山书社

图书在版编目(CIP)数据

大于村:乡村生活的记忆/于继勇著.—合肥:黄山书社,2022.5
(原乡人书系)
ISBN 978-7-5737-0157-2

Ⅰ.①大… Ⅱ.①于… Ⅲ.①散文集-中国-当代
Ⅳ.①I267

中国版本图书馆 CIP 数据核字(2022)第 075337 号

大于村:乡村生活的记忆
DAYUCUN XIANGCUN SHENGHUO DE JIYI

于继勇　著

出品人　贾兴权
责任编辑　高　杨
责任印制　李　磊
装帧设计　有品堂_刘　俊
出版发行　黄山书社(http://www.hspress.cn)
地址邮编　安徽省合肥市蜀山区翡翠路 1118 号出版传媒广场 7 层　230071
印　　刷　安徽联众印刷有限公司
版　　次　2022 年 7 月第 1 版
印　　次　2022 年 7 月第 1 次印刷
开　　本　880 mm × 1230 mm　1/32
字　　数　200 千字
印　　张　8.75
书　　号　ISBN 978-7-5737-0157-2
定　　价　46.00 元

服务热线　0551-63533706
销售热线　0551-63533761
官方直营书店(https://hsss.tmall.com)

目　　录

我和我的村庄

（代序）

为生我养我的村庄，留下一本书，是我的一个梦想。

若干年后，仍然生活在这个村庄的人，通过我的文字，知道这个村庄的一段历史，或者曾经生活在这个村庄的人，我的心愿就完成了。

所以，这是非常个人化的记忆，也是带有极强私人感情的文字。

这些文字，我断断续续写了近20年。记载了从我的童年到中年，从20世纪70年代到21世纪初，近半个世纪的记忆。

生我者父母，养我者故乡，念我者亲人。

这是我能为我的村庄做的一件小事。

20世纪70年代，我出生在安徽省涡阳县青町镇大于村。我在这里长到19岁，然后到省城合肥求学和工作。但是，我的父母和大部分亲人仍然生活在村里，所以，我的根一直扎在这个村庄里。

这本书所写的人和事，大多数发生在我离开村庄之前。相当于对几十年前的生活，进行了一个素描。

一转眼，我在省会合肥生活了20多年。每天身处车流汹涌的都市，恍惚间，忆起的还是在乡村生活的场景。在饮食习惯和生活细节上，我仍然保持着以前的习性，比如喜欢吃面食，吃生蒜头，生吃萝卜和洋葱。

骨子里，我还是一个农民，我对城市，有着天然的恐慌。我热爱田野，热爱家乡的小河，热爱秋天田野里庄稼成熟时的气味。

近30年，是中国变化最剧烈的时段。精良的机器和智能化的电子设备，全面渗透生活，一切都精细而准确，人也像上了发条，每天在固定的路线和地点上，来来回回。

到城市工作和生活，是我少年时的梦想。

但是，在城市生活二十多年后，我从热血青年，走到了双鬓染霜的中年。在梦里梦到的场景，仍然有那平坦的田野，土坯墙的房子，院子里的枣树，门前的猪狗牛羊，以及早中晚都要吃到的红芋饭。饥饿与恐惧，也从来没有从我的血液里清洗干净。

躺在柔软的席梦思上，我常常回忆三十几年前的自己，躺在麻绳襻成的网床上，醒来的时候，背上网绳勒出的印痕，像一个一个田字格。早晨，伴着红彤彤的太阳从村庄的东方升起，猪狗牛羊、驴马骡猫、鸡鸭兔鹅都发出吼叫，炊烟从锅灶间开始，通过烟囱，一团团升起，漫过树梢，像很多杆旗帜。树叶间的露珠，在太阳的照耀下晶莹剔透，然后随着升高的温度慢慢消失。

村里没有水泥地，没有工厂，也没有化工产品，生活和生产用具大都要就地取材，粗糙而耐用。

那时候食品非常单调，甚至寒碜，常见的五谷杂粮，80%的食物都是自家田地里生产的，所以，没有添加剂、催肥剂、色素，没有不可预知的化工原料。

集市简陋，按农历的日子，一三五、二四六地进行着简单的交易。自家菜园里的茄子青椒大葱土豆，鸡鸭下的蛋，吃不了的都拿来换钱，然后用钱去换点灯用的煤油，身上穿的衣服，锅里用的盐和酱油。因为都熟，克斤扣两的事情很少，偶尔一次，会吵得面红耳赤，几天后见了，仍然能握手言和。巴掌大的地方，谁用不着谁呢?

村里的夏天是最美的时光。找树阴最茂密的地方，把地上的鸡屎扫走，铺一张凉席，用一把蒲扇遮住脸，便可酣然大睡，那时候的时间一点都不宝贵，想睡到几点都可以。醒来，如果身边是池塘，剥去衣服，光着屁股，像鱼儿一样在水里撒开四肢，尽情畅游。如果运气好，也许还可以在两腿间夹一条鱼上来。而甲鱼、黄鳝和麻虾，都在一些洞里，用小棍子捅几下，就会有收获的。很多铜板大小的甲鱼和一寸多长的鲤鱼、鲫鱼，可以养在大的罐头瓶里，或者扔在家里的水井里。过几年淘井的时候，就是餐桌上一道不可多得的美味。

接近秋天的时候，无论是地里的山芋或者大豆，都是可以用来烧食的美味。而火烧蚱蜢、蝈蝈、知了和麻雀，是不可多得的享受。太阳西下，那些被青草喂饱的牛羊也躺下来了，这时候，可以收拾起散落一地的衣服，甩一下鞭子，朝村庄走去。

冬天来了，天寒地冻，银装素裹。每一家似乎都有头发银白的奶奶和爷爷，他们会把自己年轻时候的故事，一遍遍地讲个不停，只是我们并不太用心听。直到他们去世的时候，才知道，他们是在追忆自己的青春和一生中最辉煌的时刻。人生的长度，没有太多的差别，差别只在经历。

村庄里绝大部分的老人，从出生到死亡，都生活在那方圆几十公里的土地上。有很多老人，一生都没有去过城市，甚至连县城也没有去过。

因为生活在土地上，拥有土地，就拥有了生活，对于外面的世界，他们渴求却不强求，能在一块土地上平安地生活下去，他们为什么要背井离乡呢？

固守在一片土地上，从生到死，这是村里很多老人一生的状态，因为见得少，诱惑也少，便很容易达到一种自足的状态。村庄的老人不埋怨外在，他们只会叹息自己的命运。外面的世界很精彩，但也充满风险。吃饱穿暖，是很多人一生的理想。

娱乐活动太少，没有电视，没有电脑，也没有露大腿的演出。黑夜来临，一家人待在屋里各司其事，女人们做衣服纳鞋。男人要么编筐搓绳，要么做些简单的家具。人们为了省几两油，都喜欢早睡早起，因为睡眠充足，几乎没有人失眠，每天早晨起来，浑身充满了力量。

科技改变世界，也改变了人类。30 年时间，生活大变样，曾经的宏伟蓝图都变成了现实，甚至没有梦想到的生活也实现了，比想象的还好。村庄，作为一个意象，在快速城市化的中国，渐渐消退，变得工业化和社区化。也许再过几十年，村庄会变得很美丽，很富有。但是，那些传统的习俗却永不再来。

和村庄一样在渐渐模糊的词叫故乡。因为交通的便捷，故乡已经不只在梦中，而成了甲地乙地。现实故乡的消失，带来精神上故乡的缺失。几千年延续的生活场景，缩进了文字里，只有在一些文字和影像里，才能捕捉到一些细枝末节。

为一个村庄，留下一截文字，也许，这里也有你的村庄、他的村庄的影子。

这些村庄在中国大地上，繁衍生息。

憨　秧

憨秧是个老年乞丐，背一个破铺盖卷，常年在附近几个村头走过，家就安在肩上。

憨秧是邻村曹圩村人，曹圩与我们村相距二里来路，鸡犬之声相闻，亲戚连着亲戚。

曹圩村有四个姓：曹、杨、魏和于，姓于的大都和我们村有血缘关系，能叙上辈分，各家也来往亲密。憨秧和我们叙不上辈分，所以他肯定不姓于，应该姓魏或者姓曹。

据说，青年时憨秧是个正常人，身强力壮，是个种庄稼的好把式，会织布，会纺花，会打麻窝子，还唱得一嗓子好戏。

还据说，憨秧有过几段幸福的婚姻，有过幸福的小家庭和俊俏的媳妇。后来，他媳妇跟别的男人跑了，一去不复返，他找了一段时间没寻到，渐渐地就精神失常了。

女人跟别的男人私奔，这对男人来说是奇耻大辱。之后，他开始变得好吃懒做，被家人嫌弃，别人说了一句“你这么懒，要饭都摸不着门”，就气着他了，一赌气，他就真的开始了讨饭花子生涯。

一开始是赌气，后来讨着讨着，他就成了真的要饭花子。他讨饭也不走远，就附近十几个村庄来回转，一个村庄挨家挨户地讨，吃饱了用袖子擦一下碗，到井沿上喝几口井水，找个阴凉的地方睡大觉，到饭点了，再去接着讨。

和别的讨饭花子不一样，憨秧只讨饭，从来不要钱。他只需要吃饱肚子就行，没有需要花钱的地方，也不用存钱。

从青壮年一直讨到老年，憨秧成了方圆十几里最有名气的讨饭花子，很多村庄里的孩子都认识他，见他来了，就大呼小叫跟着他，拿石子扔他，拿小棍戳他，大叫“憨秧来了，憨秧来了”，跟在他后面看热闹，也有的坏小子，唤家里的狗吓唬他。

受到欺负时憨秧也会反抗，也骂人，他嘟哝的什么，其他人也听不清，只是他嘴里在不停地骂。生气时，他黝黑的脸憋得通红，两颗大门牙就特别显眼。有大人在场的时候，憨秧不敢骂孩子，周围没有大人的时候才骂，所以，有人说憨秧一点也不憨，他也知道看人脸色。

路上遇到相熟的人打招呼，憨秧就咧开嘴笑笑，不回话，有时候也嘟哝一句含混不清的话，并不停下来，背着他的破铺盖卷，继续走他的路。

憨秧并不是真的傻，夏天，他把铺盖卷摊在最密的树阴下，埋头大睡。到饭点了，他把铺盖卷收拾一下进村要饭，吃了饭，继续回来睡。到天黑了，他脱得精光，跑到池塘里洗澡，然后，找片干净的树阴，或者到打麦场的小屋里铺些麦秸过夜。除了一块脏到发馊的铺盖卷，他没有什么让人可偷的，所以，他睡觉时，也根本不躲人。

有几次，憨秧在我们村的西大塘洗澡，几个和他年纪差不多大的老人喊他过来一起洗，憨秧笑笑，反而离得更远了。

几个调皮的孩子挖塘泥扔了憨秧，他一开始笑笑，并不躲，到后来扔急了，他一个猛子扎下去，挖了一大把塘泥，追赶那几个孩子，狠狠地抹了过去。众人哈哈大笑，憨秧嘟哝几句，到岸上抓起自己的衣服和铺盖卷，跑到离众人很远的地方，重新下河洗澡。

那是我第一次见憨秧跟人开玩笑，他邋遢的外表下，还有一颗顽皮的心。

在地里干活晒得流油，累得臭死的村民都说："不想干活就得学憨秧，恁啥活不干，天天端个碗，就能轻轻松松过一辈子了。"

话虽这么说，还真的没有人去学他。

一开始讨饭憨秧也挺横，到门前，人家不给他就骂人。要饭也敢耍横，就让人讨厌了。就有不理这茬的，几个年轻人，打得他头朝下栽进粪池里，从此他就再不横了，再讨饭时，不声不响地站在人门前，把手里的碗向前一伸："行行好，给我点吃的。"人家不给，他就一直站在门前，直到送出来一块馍或者一碗稀饭。

夏天，他站在烫得脚底板起泡的太阳底下讨饭，有时候站了半天没人答理他，不见屋里有人出来接碗，他吐一口痰，扭头就走了。

都是前后庄的，有的认识他哥哥姐姐，不看僧面看佛面，很少有人家让他空碗走。六七个村子养活一个闲人，十天半个月才能轮一次，谁都觉得无所谓，而且到了连猪牛都吃细粮的年代，一碗饭一个馍算得了什么呢？

天冷的时候，他就在人家掏成洞的麦秸垛里安家。他把麦秸垛的洞门一堵，人就在麦秸垛里一蜷，把扛在肩上的破棉袄往身上一盖，呼呼叫就睡着了。

有一年冬天，憨秧躲在我家打麦场的麦秸垛洞里过夜，我早上去垛上拽草，没想到一把拽到了他的腿，把我吓了个半死。我气坏了，又恼又怕，他倒是没事一样，嘟哝几句，慢条斯理地卷好铺卷，扛在肩上，一只脚穿着露着脚后跟的烂鞋，另一只打着赤脚，踏着雪走了。

为了一张肚皮，憨秧一年四季要来回走动，就一双破鞋子，脚趾头和脚后跟都露在外头。春夏和秋天，衣服脏了他也知道洗，只是，一身永远都油腻腻的，闪着光。

冬天，没地方洗头洗澡，憨秧的身上总散发着难闻的腥臊味，让靠近他的人忍受不起，掩起口鼻。如果他来讨饭，就飞快地把饭倒进他的碗，赶紧把门关上，催他走。憨秧也不在意别人的白眼，仍慢条斯理地收拾好东西，端着饭，到村外没有人的地方吃。

衣不蔽体，他被太阳晒得又黑又壮，竟然多年不病，一直到前年，以古稀的年龄死去。他活着的时候，大家觉得他是个蓬头垢脸的乞丐，死了之后，大家才发觉他竟然是十几个村子里知名度最高的人。提起他，没有人不知道的。

憨秧活着的时候，大家都觉得他憨，大人骂小孩子，都是一句“你怎么憨得像秧一样”。

秧，是他的小名，是大家对他的称呼，有调笑，也有一些爱惜的意思。

想想几千年前，这片土地上，曾经生活过击缶葬妻的庄子，道法自然的老子，隐身山林的嵇康，他们都是对人间大事想得很开的人。

所谓圣人，无非是不怨不怒不惊不喜不悲不亲，曾经风雨一生的憨秧，人生的后四十年，大约也算是做到了这一点，可是没有人把他当成圣人，只把他当一个讨饭花子。

所谓圣人，
无非是不怨不怒不惊不喜不悲不亲，
曾经风雨一生的憨秧，
人生的后四十年，
大约也算是做到了这一点，
可是没有人把他当成圣人，
只把他当一个讨饭花子。

剃头匠二麻

二麻不是剪刀，是担挑子走村串户的乡下剃头匠。

剃头挑子一头热，以前乡下剃头匠，一头挑着盆架等杂物，另一头要挑着开水瓶，或者自备一个可以烧柴火的活动小灶。冬天洗头刮胡子都要用热水，那灶就是用来烧热水和取暖的。

改革开放之后，农村人的生活也变好了，小镇上有了美容美发院和造型工作室，二麻的生意就开始萎缩，他的顾客渐渐只剩下那些秃头耳聋一口黄牙的老头了。

其实二麻的脸上并没有多少麻子，“二麻”或是某天某人一时兴起，给他取的个绰号。久而久之，大家这么称呼他，他也就这么认了。

二麻长相不英俊，身材不魁梧，眼睛细小，上唇两撇很稀的胡子，一笑，两颗大门牙闪闪发亮。鼻边两道法令纹深深地挂着，像两道被岁月经年冲洗的深沟，而刀刻一样的抬头纹，证明他这些年生活得并不轻松。

少年时，我老觉得二麻像电影电视里的日本翻译官或《水浒传》里的白胜，是个负责搞笑的坏人。

只是，二麻不坏，不奸不滑，也不投敌卖国。

听大人们说，年轻时的二麻，在村里算长相还过得去的男人，或许有人嫉妒，就给他起了这个不雅的绰号，糟践他。

50岁之后，二麻就和很多乡下的老年男子一样，不修边幅，放任自如了，两只布满红血的眼睛眨巴眨巴的，整天像没睡好觉，又好像有许多坏点子在里面转。胡子拉碴，被寒风冻出的清鼻涕有时候会不知不觉挂在上唇的短髭上。然后，大手掌拧一把鼻涕下来，狠狠地甩出去，手擦在连裆大棉裤上。

二麻一年中有大半年的时间穿一件蓝色的确良褂子，是老式中山装，冬天喜欢用一条花围巾束腰。二麻的嘴里总是叼着一个大烟卷，卷烟的纸是孩子们用过的旧书或旧作业本，撕成二指宽的条子，撒上一把烟叶，放在唇边用唾沫湿一下，卷好。没有烤过的烟叶，味道很冲，对身体伤害也大，长年抽土烟叶的人，胸口里像藏了一只漏风的风箱，一口痰要咳嗽半天才弄出来，然后，脸憋得通红。

二麻虽然不怎么讲究卫生，又爱咳嗽，可是大家还是喜欢找他剃头。因为他心细脾气小，剃头的手法好，最关键的是他能一边剃头，一边和大家拉呱。

他说刚从收音机里听到的包公陈州放粮，也说东边曹庄一头母牛下了个三条腿的犊子，也说西边魏庄的一个老婆婆被儿媳妇逼得喝了农药。最后又说今年的春天雨水不多，小麦的收成恐怕不好。有时剃头的都听着听着睡着了，他还一个人在那里吧唧吧唧的说个不停，口角发白。老头们打趣说，二麻就是一个不停电的“地方人民广播电台”。

二麻给大人剃头像给冬瓜拔毛，仔细得像女人绣花。他有一把小镊子和一个小勺子，剃完头，又帮人掏耳朵，拨弄得干干净净。

特别是对年龄大的，他还帮人揉揉肩捶捶背，剃一个头要泡上一个多小时。性子躁的年轻人可受不了，所以找二麻剃头的都是上了年纪的老头子，上年纪的老头子总是很少，这也是二麻生意不好的原因。

可二麻不太在乎时间，也不在乎挣多少钱。

二麻剃头是包头，一包一年，像现在城里的女人们在美容院里买 VIP，做包月美容。以前，二麻包一个头一年的费用是五斤小麦或十斤玉米，价格从三元涨到了十元钱。乡下人会算计，一分一毫的亏都不能吃，所以，找二麻剃头的人家，都是给他麦子，不给钱。

给粮食的时候，能少一把是一把，盛粮食的瓢能装大半瓢也绝不装满。二麻有时候觉得太坑了，也生气，发发牢骚，骂骂娘就算了，他不愿意因为一把粮食较真，伤了老少爷们的和气。有些脸皮厚又霸道的人家，不承认在二麻那包了年，装孬，二麻也只好认账，不吵，提了口袋走人。

所以，虽然忙活一年，二麻的收入并不可观。

不赚钱也得剃，除了种地和剃头，他又不会弄其他的。能挣一点是一点，别人喝闲酒打麻将，他就下乡剃头。

小时候，我最喜欢看二麻剃头。喜欢看他用食指和拇指在老头子们的鼻梁上，用力夹出一个红印子。红印子久久消不下去，很好看，很好玩。

二麻说这像卖猪时，用剪刀在猪身上剪个甲等乙等，那些老年人就骂他，二麻不但不生气，还高兴得嘴咧老大。二麻说让老年人骂骂，能增寿。不知道是增他的寿，还是增这些老头们的寿。

二麻不喜欢给小孩子剃头。他说小孩不老实，好动，会毁了他的功夫。二麻说干什么活都有功夫，他剃头的功夫是从祖师爷那儿一代一代传下来的，是绝活。二麻十分看不起小镇和县城美容院里的理发师，那些“托尼”都用电推子、电吹风，喜欢玩花样，坏了行业的名声和规矩，把剃头匠的硬功夫都给糟踏了。

所以二麻是一个既跟不上时代，又看不起新事物，相当固执的人。

因为固执，他日子就过得不怎么顺心。

二麻一生穷苦，住在几间土房里，房子坐落在一个四岔路口上，从他家门口路过，总能看他们家人端着碗，都坐在门口吃饭，吃得并不好，很少见到肉。

二麻的女人应该是有些神经方面的毛病，每天一个人自言自语，像是在和另一个人对话，有说有笑。有时候，她又很多天不说话，见了谁都像见了仇人，还翻白眼。反正，孩子们是不敢跟她打招呼的，怕她。

其实，二麻的女人特别能吃苦，也特别能干活，一年到头，像男人一样，在田里侍弄庄稼。她不讲究，整天披头散发的，汗湿衣衫，辛苦到让全村人尊敬。

也许是生活的穷苦，一直折磨着二麻，把他由一个长相还过得去的男人，变成了眼里布满血丝干瘦佝偻的老头。

因为女人给二麻生了一男两女，所以二麻一直觉得对不起自己的女人，总不能把她的病治好。二麻常笑嘻嘻地对邻居说，东西摔了还能买，老婆没有了，就没有了，花多少钱也没地方买。

他虽然从没有晒过恩爱，至少，村里人都觉得他对他老婆照顾得相当不错。

二麻的孩子们都很争气，知礼、懂事又肯卖力地干活，最终全家人过上了相当富裕的日子，盖了楼房，也生了几个孙子。只是，二麻似乎没有那么好的福气和命，在日子刚刚露出灿烂阳光的时候，他去了另一个世界，病逝了。

骡　　子

我记事的时候，骡子已经是个老头了。

因为他有点暴躁和古怪的脾气，烈得像马，才得了个骡子的绰号。在农村，这种乳名或者绰号很多，大家叫着叫着，就忘了他的本名。

如果一个五大三粗男人，被人叫大白鹅、小馒头、白脸或者大闺女，多半是有些玩笑或歧视的成分。

骡子似乎和左邻右舍都吵过嘴骂过架，动不动就操起铁锨要铲人家的脑袋。当然，他并没有真的铲，要不然，他早进监狱了。

骡子家的院子里有 5 棵枣树，每年的中秋前后，那些枣树都会挂满沉甸甸的枣儿。我和堂兄每天都站在小凳子上望着红红的枣儿流口水。从枣儿开始挂果，我们俩就开始牵挂它们，一直到枣儿变得通红。

奶奶每天都给我和堂兄打预防针：不准用石子砸骡子的枣，不准从他家的大门缝钻进他家的院子偷鸡蛋，谁敢不听话就罚谁跪石子，更不准用泥巴堵他们家的锁孔。

奶奶虽然平时很温柔，把她惹火了，她也又吼又跳的。曾经为了一只老母鸡乱下蛋的事，奶奶和骡子吵了好几架。骡子家的老母鸡跟着奶奶家的鸡回来过夜，把蛋下到了奶奶家的鸡窝里，骡子知道了，过来要鸡蛋，奶奶说，我哪知道哪个蛋是你家的鸡下的，自己去找。骡子就生气了，说奶奶嘟哝他了，两个人就各搬来小板凳，坐在门前，你一句我一句吵了起来。

我和堂兄怕挨奶奶的骂，更怕凶神恶煞的骡子。可那红彤彤的大枣总在我俩的视野里摇来晃去，馋人。

孩子哪能经得住诱惑。一天清晨，我和堂兄、堂弟看见收拾一新的骡子，锁了门，背着玉米去走亲戚。时机到了，我们仨看见骡子走远后，便像三只敏捷的兔子，飞快地从他家大门缝里，钻进了院子，我和堂兄爬上树摘枣，堂弟一个人在下面手忙脚乱地拾枣。

正当我和堂兄带着亢奋而恐惧的心情边向嘴里猛塞枣儿，边用棍子打枣儿的当儿，骡子推开了大门！他忘了带东西又返回来了。

骡子几步冲到树下，抱住枣树就使劲地晃。我和堂兄便像挂在藤上的大葫芦在树枝上荡来荡去，我俩同时哇的一声吓哭了。

骡子也不走亲戚了，揪着我和堂兄的耳朵去找我奶奶算账。两人一见面就大吵起来，很凶，就差没动手掐对方的脖子了。我和堂兄站在奶奶身边骂骡子是日本鬼子，是绝户头，骡子恼得像斗败的公鸡乱蹦乱跳，一脸血红。我和堂兄不知道骂人的轻重，骡子最忌讳别人骂他绝户头。他一下子就火了，跑过来要掐死我俩。虽然我们人小，但是腿跑得快，一溜烟就走了。剩下他和奶奶对阵。他俩摆开阵式，你一句我一句，继续开骂。

众人把骡子拽走了，奶奶也住了口。奶奶气呼呼地把我、堂兄和堂弟喊进院子，我们以为刚才我们卖力骂骡子有功，奶奶要夸奖我们，要不奶奶怎么会微笑呢。谁知奶奶一等我们进了院子就飞快地反锁了大门。她抄起一根树枝就冲我和堂兄抽来。奶奶边打边骂："打死你这两个贼骨头贼肉的东西，饿死不当贼，穷死不做娼，你俩不争气呀，你俩丢了俺的人呀。"

第二天，奶奶给骡子送去瓢白面作为赔偿，骡子没收，又送了回来。可两个人还是不打招呼不说话。其实，没过十几天，两个人又有说有笑了。邻居哪能记仇呢。

没过几年骡子病了。全村的人都提着东西去看他，包括那些和他打过架骂过架的人。奶奶也总煮些鸡汤或鸡蛋什么的送到骡子的病床前，一坐半天，坐床边和骡子说话。奶奶说骡子是个苦命人，一辈子苦得像黄连。

骡子其实除了脾气不好，人热心，也善良。哪家有个困难，只要招呼一句，他都会伸手帮忙，而且不取分文。

骡子死了，奶奶倒经常念叨起他的好来，说，做邻居还是得找骡子这样的人。

真想不到凶神恶煞般的骡子，和全村人差不多都吵过嘴的骡子，竟然在去世后，赢得了很多人的怀念。当然，也包括我。

小 矮 子

很多人的一生，像流星或飞鸟划过天空，没有留下一丝痕迹。

小矮子就是这样的人。她在这个世上活过，又悄无声息地离去，一抔黄土之下，埋藏着她悲苦的一生。

在村里，无论大人孩子，背地里提到她，都用“小矮子”这个有点侮辱和歧视性的称呼。时间久了，很多人都想不起来她原来的姓氏了。

在乡村，这种带有侮辱性的称呼很多，比如“麻子”“豁嘴”“疤瘌脸”“瘸子”，或者“大骚胡”（乡下称被阉割过的公羊）。

被喊外号的人一开始并不适应，会生气，会恼火，但是，被人叫着叫着，也就被逼着适应了。

穷人，只敢明目张胆地取笑自己的同类，或者比自己更穷的人，这是让人无法接受的本性。

我记事的时候，小矮子已经五十多岁了。她确实矮，和一个十岁的孩子差不多高矮，罗圈腿，远远看去，她走路像是两条腿在一前一后地挪。小矮子的嘴角还有一个蚕豆大的黑痣。

小矮子习惯用一个蓝头巾或白毛巾，把自己灰白的头发紧紧裹住。她很少笑，偶尔笑的时候，会露出一排大门牙。

小矮子在村里的辈分偏高，比我高一个辈分，按辈分，我要规规矩矩喊她“大娘”，是伯母的意思。

小矮子嫁到我们村的时间应该是20世纪60年代左右，或者更早，她一生没有生育，和一个干瘦修长的老头相扶相持着生活。

在乡村，一个女人生了一堆女儿没有儿子，会觉得人前低人一头。但是，如果一个女人没有生下一儿半女，这几乎会成为一生抹不掉的耻辱，或者不可饶恕的罪过。

贫穷，没儿没女，又丑又矮，小矮子在村人眼里，就处在了非常弱的地位。可是，她偏偏又是一个性格极其要强又刚烈的人，不服输，不低头。

每天，只要她出门，一些调皮捣蛋的小孩子总会追着她，远远地“小矮子”长“小矮子”短地叫，捉弄她，羞辱她。她很恼火，气得脸色通红，弯腰找土坷垃，向孩子们扔过来，或找小棍过来打。她跑不过孩子，追了几步就放弃了，低下头，继续走自己的路，干自己的活。

路过的大人，有时候看不下去，就呵斥孩子们几句，但是，顽皮的孩子哪里懂事呢。大人一走，又继续追着喊。

小矮子在不懂事的孩子眼里，像一个穿黑衣的巫婆，他们怕她，却又想挑战她，惹恼她，这是一件让人无奈又伤心的事。

小矮子比一般的同年纪妇女都勤快，她每天都起得很早，养鸡，放羊，喂猪，什么农活都干。特别是单干以后，很多地里的农活，她都要风里来雨里去，和身强体壮的人一样去侍弄。

傍晚收工，路边有一捆柴火或青草在缓缓地移动，不用说，那堆柴火或青草下面压着的就是小矮子。

别人一口气走一里多路，她只能走几十米，走几步，歇一歇，别人都回家做饭了，她还在路上不停地挪。

有一天，碰巧了，我和小矮子都去西湖（家乡对田地的称呼，地在村南叫南湖，在北叫北湖）里放羊，一个外村的人赶马车，飞驰而过，惊吓了我们俩的羊群。头羊是老水羊（母羊）或者一只年富力强的骚胡。受惊后，头羊带头往前疯跑，拴羊的绳，一下子把小矮子拽倒在地，她又舍不得丢手，几只羊，拽着她在地上拖着跑了几十米。我丢下手中的绳子，跑过去，帮她拽了一把，羊群才停下来。如果再往前跑几米，她就被羊拖到臭水沟里了。

小矮子站起来，朝我笑了笑，说一句："你这孩子，比其他有人生没人养的孩子懂事。"我不知道她是夸我还是骂我，反正，从这天开始，小矮子再见到我时，开始面带笑容了。我也规规矩矩地喊她"小矮子大娘"。

晚上，我把小矮子这段话转述给母亲，母亲说："小矮子话少，怕人家看不起她，但她是个明白人，是长辈，你不能当面叫她的外号，她比我年纪大，要叫大娘。"

再后来，见到小矮子，我就规规矩矩叫她"大娘"。或许她极少听到有人喊她"大娘""奶奶"，她呆了一会，才反应过来。脸上笑开了花，很不安的样子。

还有几次，路上遇到她割草，她背不动，我就帮她托一把，等她站起身，再松手。她朝我笑一下，开始往前走。

年纪越大，小矮子行动越来越不方便，她走路慢，不放羊，也不喂猪了,只养了一些鸡鸭。可是,总有一些手脚不干净的人,看上了她的鸡鸭。

气不过,小矮子就搬一个小板凳,坐在人多的路口,声嘶力竭地骂。这时候,人们才发现一个被轻视的人,如果恼怒起来,也非常的可怕。

按民政部门的政策,农村的五保户,过了60岁,村里要负责照顾她的晚年。吃的粮,住的房,和一些零花钱,都由村里承担。

小矮子无儿无女,是标准的五保户,她本可以不用下地干活了,但是,她哪里闲得住呢?她还是早早地起床,早早地下地,背着超过她身材几倍的柴或青草,慢慢地从田里,挪到村头,再挪到家里。

村里为五保户集中盖了几间简陋的土坯房,分了一间给她当新家,她倔强,不愿意搬,拖了半年,老房子漏雨,才不得已搬来。她心里肯定是不想在自己的身上挂一个"五保户"的标签。这个标签,伤害了她一生。

因为身体的残疾,小矮子一生都活在别人不屑的目光里,被人嘲笑时,她虽然恼怒,但是除了破口大骂,她也没有别的办法。好在,她嫁了一个辈分比较高的丈夫,在多少讲究礼仪的乡下,这替她挽回一些败局,至少,一些年长的老人,会在她面前,规规矩矩地叫她一声"婶子"或者"大娘"。

丈夫比她早逝,小矮子去世时,她在世上最亲近的人,只有她丈夫的侄子,还有她的娘家人,人们按规矩草草为她送了葬。

和儿孙满堂的人相比,小矮子的葬礼,没有那么隆重,村人按礼仪埋葬了她,棺材后面,缺少一群呼天抢地的人。是的,她在这世上，没有至亲的亲人。

几年后，小矮子住过的屋子，就空了下来，她没有什么遗产，简单的生活用品，也没有人能看得上。她住的屋子墙倒屋塌后，这世上最后一丝与她有关的痕迹也彻底消失了。

这世上有很多像小矮子一样的人，她们努力地活过，拼尽力气，却依然被轻视，依然很贫困，依然没有赢得更多人的尊重。

浮生若梦，有些生命轻得像一根稻草。很多人注定在死后，人们会渐渐忘掉他。但是，我还没有忘记小矮子，怀着复杂的心情写下她，是为了纪念，提醒后来的村民要记得她。

人与人是平等的，人对人的尊重，是一种文明。

傍晚收工，
路边有一捆柴火和青草
在缓缓地移动，
不用说，
那堆柴火或青草下面压着的就是小矮子。

老宝哥

老宝哥，乳名宝仓，大名于苏善，是我家的右邻。

老宝哥40岁那年，还是一个光棍汉。

老宝哥的父亲，年轻时做过生产队的队长，也是在村里呼风唤雨的人物，现在两个儿子找不到媳妇，让这个奔70岁的老头，觉得人生如坠谷底。

儿女的幸福，是父母一生的事业。儿子一天不结婚，老人就一天心搁不下来。老人每天急得长吁短叹，一家挨一家地上门，求人家给他们两个儿子找对象。说瞎子瘸子聋子傻子都行，只要是女的，能生孩子。

三个男人的生活，粗鄙而荒凉，虽然故事很多，但听起来却特别酸涩。

老宝哥一米六左右的个头，有力气且心灵手巧，家里好多缝缝补补洗衣做饭的活，基本上都是他做。

老宝哥的弟弟小宽正值而立之年，膀大腰圆，身壮如牛，整日咧着大嘴哈哈大笑，没事还喜欢吼几嗓子。他使不完的力气，就都用在庄稼地里。

老头天天吊着烟袋，背着手，佝偻着腰，村前村后四处转悠，或者放羊，或者倚在院门口的大树下，一袋烟接一袋烟地抽，他的时间，大部分用来发愁和骂人了。

农村人实际而势利，家里有钱，瞎子瘸子也能找到老婆，可是，老宝哥家不但穷，而且别人一看他兄弟俩的长相和家境，觉得把缺条腿的闺女嫁过去都吃亏。

老子发愁，儿子却不愁，老宝哥快40岁的人了，天天和十七八岁的愣头小伙子泡在一起。一开始大家把他当长辈敬着，比他辈分低的，有的称叔，有的喊伯伯。时间一长，一张嘴统统是“老宝”“宝仓”。老宝哥脾气好，并不生气，即使回嘴，也是笑着回。

小青年们一身劲没处使，便打沙袋，踢木桩，翻石磙。老宝哥也一捋袖子效仿。然而他人矮，怎么蹦也够不着沙袋，惹得众人哄笑。搬石磙是老宝哥的拿手好戏，兴致一来，他能把几百斤重的小石磙翻得一溜小跑。

老宝哥爱唱泗州戏，兴头上会猛地来一嗓子：“小姐我上了红绣楼，挑帘我看见李隆基，呀——哪——哈——依。”词都是他随口瞎编的，想到哪里唱到哪里，时间长了，倒让人觉得戏文里真的有这一句。喜欢唱“让我一次爱个够”的小青年嘲笑他的戏唱得似驴儿嫌料少发出的叹息。

只要一高兴，老宝哥才不管你乐不乐听。他在做饭时边切菜边唱：“三月里，三月三，小寡妇我想起冤家泪涟涟。”盛饭时唱：“叫一声我的夫，你听我言，别人吃肉，咱不眼馋，呀——哪——哈——依”。一墙之隔，那敲破锣似的唱腔真让人起鸡皮疙瘩。

有一天，我妹妹气得从窗口甩出一个西红柿，以示抗议，恰巧正中他的头。他捡起西红柿，“吭哧”啃了一口，又接着唱：“要吃石榴你拿两个去，为何隔墙砸俺一砖头，呀儿哟，呀儿哟，一个一个呀儿哟。”把妹妹气得跺脚。

老宝哥天天呱呱个不停，唱个不停，惹恼了他爹。老头子一恼就破口大骂：你不吭气，别人当你是哑巴了，连个女人都娶不上，干嚎个屁。

老宝哥终于还是等到了属于他的幸福。有人从云南带来了几个女人，要在附近帮她们找婆家。

老宝哥娶的那个女孩，是拉祜族人，我们都叫她小李。按着辈分，我喊她“小李嫂”。

小李听不懂我们的方言，我们也听不懂她说的云南话。虽然我们村的生活依然很穷，但是，她说，这比她的老家还是好一些。至少，我们村里的大多数人家都吃得饱饭，人人都穿得起鞋。后来熟悉了，她也喜欢聊天，讲一些云南的特产和风俗习惯。我们哪有人去过云南呢，都只能当个故事听听。

两人年纪相差太多，老宝哥有点为难，对我们说：小李年龄太小，跟她结婚，像做亏心事一样。到了深夜他也不入洞房，一个劲地搓手，在院子里转悠。最后，众人硬是把他连打带踹推进了屋里，用一把大锁哐当一锁了事。

第二天一大早，老宝哥就亮开了嗓子：“撩袍端带，我上金殿……”小青年们问第一夜的感觉如何，老宝哥眨巴眨巴红通通的眼睛说：“胜似神仙。”

一年之后，老宝哥有了一个女儿。

三年之后，老宝哥又有了第二个女儿。

五年之后，老宝哥又有了第三个女儿。

生第二个女儿的时候，计划生育专干找上门来骂：“看你40多岁才有女人，一直没找你麻烦，你怎么就不自觉一下，生了一个又一个也不动员你老婆结扎？”

老宝哥说：“生的都是丫头，我兄弟又没媳妇，我不生个男孩子，谁给俺兄弟俩扛幡上坟呀。说着从不掉泪的老宝哥眼泪珠子一个个像豆粒儿般往下掉。”

计生专干一看这架势，心一软就说，“再给你一次机会，但罚款六千块一个子儿都不能少。”

卖了猪羊，卖了粮食，卖光了所有值钱的家当，换回了一张“准育证”。

生第三个女儿之后，老宝哥死心了。决定他今生生儿的文章就此住笔了。

老宝哥也是一个有文化的人，第一个女儿叫云徽，取云南与安徽之意。给第三个丫头娶名“楠楠”，谐音“男男”，以安慰自己生儿子心切。已经安心过日子的小李嫂，很爱自己的孩子，她也为自己没有为老宝哥生出儿子，有些歉意。老宝哥却说：“别这样，我自己水平有限，不怪你。”

人口多了，要吃饭，要挣钱，老宝哥没黑天没白日地在地里干活，很少和小青年打交道了。

可累了一天回来，冲了个冷水澡之后，老宝哥还是迈着腿在院子里驴儿似的扯直了嗓子唱：“苏三离了洪洞县……”

只是声音少了往日十足的底气，音量低了好多。可能是年龄大了，或是干活累得吧。

因为住门连门，我也经常跟老宝哥聊天，一聊就到深夜。

老宝哥说，有时候真想到中国的天南海北走一走看一看，窝在一个村里一辈子，真是没出息。

我觉得很震惊，因为那时候还没有农民工进城的事，大家都仍然靠着一亩三分地过活。

再后来，老宝哥带着小李嫂和几个女儿，也去了云南省，去了小李嫂的娘家。兴许见到女儿生活得很不错，小李的娘家人后来也很满意这门亲事。

离别家乡 20 年，每年春节返乡时，只要有空，见到老宝哥的时候，我都会和他聊几句。随着孩子们一天天长大，他也越发的苍老了。

他的一头黑发，换成了一头白发，只是，他仍然喜欢唱，喜欢开玩笑，只是笑起来的声音，没有年轻的时候那么爽朗了。

生活会奖励那些善良和辛苦的人，让人高兴的是，老宝哥的三个女儿出落成人，个个漂亮，都嫁了好人家。春节时，女儿女婿一家家过来陪他过年，他高兴得合不拢嘴。

想起三十多年前住在土坯房里和他拉呱的日子，仿佛仍在眼前。他是一个乐观的人，也是一个从没有向生活低头的人。

唱着曲儿牵着牛

每个村庄都有几位脾气好，人缘好，喜欢说笑，又受老少爷们喜欢的老人。在我们大于村，于连善就是这样的人。

虽然离开村庄十几年，于连善也去世好些年头了，但一闭眼，他的形象和说话的声音，都会像动画片一样，以每秒十帧的速度在我大脑里慢放：干瘦的身体微微前倾，眼睛总笑眯眯的成一条缝，稀疏的胡子和尖尖的鼻头上，在天气寒冷的时候会挂着清亮的鼻涕，衣服总不太干净，有时还有几块补丁。

儿多爹娘累，于连善有五个儿子，为了给儿子们娶媳妇，他四五十岁以后的日子，基本上是在借债和劳作中度过的。但是，他从没叫过累，嘴里没有少过歌声，脸上没少过笑容。他是一个从不把愁苦挂在脸上的人，尽管在别人看来，他是不应该过得那么开心的。

很早的时候，我们两家都住在村子中央，两家的土坯房子隔着一条小河沟。两排大柳树在河沟的上面勾肩搭背，像一道绿色走廊。我们两家的猪狗牛羊都一个挨一个拴在柳树根上，那种亲密的关系，就像两家的孩子在一起一样。

我们两家的关系一直很好。当柳树下有了阴凉地，穿起了单衣，我们两家吃饭就喜欢凑堆，都端着碗抬着小饭桌坐在桥头上吃，有时候吃着吃着，小孩子就你从我碗里夹一口菜，我从你碗里夹几根面条。有时候也会坐到桥上吃，搞得从桥上过路的人，都要小心翼翼，生怕踢翻了我们的碗和盘子。

那时候，人们总喜欢围成一个大圆圈吃饭，盛菜的碗或碟子就放在地上，哪怕隔几尺远就有一摊鸡屎鸭屎，照样可以视而不见。左右邻居吃着聊着，互相开着玩笑，我们管这种场合叫饭场。

村里的夏天总是从一场梅雨开始的，淅淅沥沥的雨会下很多天，渐渐地河沟里就蓄满了水。水很大的时候，从柳树上或者桥上向水沟里跳水，是夏天非常有意思的事情，扑通扑通，能搞到半宿。当桥下的水浑成了泥浆，夕阳褪尽，我们才会被大人用冰凉的井水从头向下浇，用毛巾擦几把，套上裤衩，扔到网床上。然后，小伙伴经常会挤到一张席子上，在大柳树下乘凉或睡觉。夜里，那些猪啊羊啊，就睡在我们旁边，它们也扯着呼噜，或者不停地嚼着嘴巴。

晚饭后，于连善也是不会停着嘴的，他会给我们讲笑话。这个并不是我们喜欢他的原因，我们喜欢他，是因为他从来不像其他大人一样训斥我们，他有时候，会挤到孩子堆里，和我们一起看一只蚂蚁怎么把饭粒背到树洞里，教我们怎么用小棍戳虫子的屁股，然后咧着嘴开心地笑。

于连善的手巧，闲下来的时候，一根树枝，或一截高粱篾子，在他手里几下就变成了小蜻蜓或小蚂蚱，孩子们一人一个，不偏不向。

他有时候也和其他人下棋，用小石子或瓦片，在地上画几道田字格一样的棋盘，顺手捏几个泥蛋子，找几根草棒子，眯着眼，一只手夹烟，一只手下棋，嘴里哼着曲。

于连善很喜欢孩子，但是他亲昵的方式让人受不了——他总喜欢拧小孩子的肚皮，有时候还要弹一下，搞得死疼。他一边敲孩子的肚皮，一边说：哦，这个小西瓜还没熟透，哦，这个熟了，可以摘了，然后装作摘瓜的样子，拧一把。拧完了，哈哈大笑。

小时候，我最怕于连善拧我的肚皮，所以，每次见到他，我都条件反射似的赶紧捂好自己的肚子。绕着他，偷偷地吐一口口水，飞快地跑开。如果不幸被他捉住了，不但要被拧肚皮，还要在脑门上弹两个"疙瘩梨"（用食指和大拇指弹脑袋）。

按辈分，我叫于连善哥哥。乡村里是很看重辈分的，而且一个村子就是一个祖先传下来的，从不乱辈分。虽然我开始会走路的时候，于连善已经是个快50岁的人了，他仍然叫我"兄弟"。

我长成少年，他已经开始花眼掉牙了，冬天寒冷的日子里，总有清水一样的鼻涕挂在他的鼻尖下面。

20年后，他基本上开始耳聋，缺齿少牙，仍然两眼笑眯眯的，把双手插在袖袄筒子里，远远地就和孩子、老人打招呼。

于连善好像从来没有变胖过。他一直在劳动，从年轻到年迈，仍然是乐呵呵地早出晚归。勤劳是他一辈子的底色。

读小学的时候，我在课本上看到一幅老年闰土的画像，佝偻着身子，双手交叠着插在棉衣的袖筒里，一脸悲苦的样子。我立即就想到了于连善，只是那张脸不像，于是，我动手把书上下拉的眉毛改成弯月状的，立即就觉得很像于连善了。我把课本拿给我哥哥看，问他："像不像连善哥？"

再后来，我看到罗中立的画作《父亲》，我觉得画面上的老农的皱纹很像于连善，只是他的脸上却没有那些凝重和愁苦，因为他的眉毛一直是弯的，他喜欢笑。这个快乐的老头，用他的笑声感染着村子里的人。

再后来，村里人纷纷到村外盖房，我们家搬到村西头，他们家也搬了，自此就不是邻居了。见面越来越少，但是再见面，他还是乐呵呵地和我打招呼，拍拍我的头，抓抓我的肚皮，叫我的绰号：长冒。这是他给我起的绰号，意思是我家里穷，长年欠别人家的钱，在我们村里，好像只有他一个人这么喊我。

多少年以后，每次我回到村里，他碰到了都习惯跟我打招呼：大兄弟，吃了吗？有时候隔了几十米，老头还是很大声地问：你吃了吗？有时候，他根本不管你是在厕所提着裤子，或者刚刚起床，都很热情的这么问候一下：大兄弟，吃了吗？

午收时节的打麦场上，于连善是整片打麦场的主角，和着牛拉石磙的吱呀吱呀声，他能咿咿呀呀地唱上一大段的戏，只是他哼唱了些什么，也只有他自己清楚。这种哼唱，让在烈日下劳累过度的人有一种解闷的感觉。唱着曲儿，牵着牛，他的生活，就是很多文人墨客描写的田园牧歌吧。只是，这种日子在贫穷年代，带着一丝苦涩。

另一个喜欢在打麦场上唱戏的老头是于从习，是伯伯辈的人。两个老人，一左一右，在烈日灼人的打麦场上唱戏的场景，成了我少年时代最深刻的记忆。

后来，换成机械化耕作后，打麦场渐渐消失，不见了黄牛的身影，此起彼伏的哼唱也绝迹了。没有了成片的打麦场，家家户户都直接把麦子从地里拉到家里，那种共同劳作的欢乐场景也不见了。

民工潮之后，于连善的儿子们大都去了外地打工，而且日子也过得相当不错，他也穿着得体了，只是，他没有享几年清福，一场病之后，去世了。

一个普通老人的去世，对于一个村庄来说，是一段记忆的消失，几十年过后，人们会渐渐忘记他。如果有人记得他，那么他就仍然活着。

于连善去世之后，村里再也没有人喊我“长冒”了。这个名字，是他给我起的，我一直记得。

退休老教师于从广

于从广出门时习惯一个口袋装糖，一个口袋装烟，见到小孩子就笑眯眯地弯下腰，摸摸孩子的脸蛋，递上一块糖，见到抽烟的就和人家一起点个火。他的糖和烟，基本上都是给别人准备的。

这个习惯，从他退休一直保持到去世，二十多年的时间。

每个月末快发工资的时候，于从广会隔三差五到我们家门口，隔着墙头伸出脑袋，大声问一句："坤先生，这个月的工资到了吗？"

那时候我父亲是乡中心完全小学的会计，经常从银行里拎一大提包的钱在家里，连夜算好，一沓沓用皮筋扎好，第二天，骑自行车，一个学校一个学校送去。本村老师，都算好日子，到我们家里来领。于从广是退休教师，他的工资也从我父亲手里领。

那时候我们家里有一条狗，于从广每次进门前都大声吆喝："把你家的狗看好，一定要看好。"

于从广每次从我父亲手里把工资接过来，都会很认真地掏出一个蓝手帕一层层裹好，掖进最贴身的衣服口袋里，再轻轻拍几下。我父亲说："你怎么不数数，错了不好吧。"于从广会说："咱兄弟俩谁跟谁，你能哄我的钱？"

从于从广走进我家的门，我和妹妹就会一直用眼盯着他的口袋，直到他笑眯眯地掏出糖，笑嘻嘻地说："一人一块，一人一块啊。"然后他会坐到我们家的那个破藤椅上和我父亲聊天，说到嘴角冒出白沫才起身出门。有时候，他说得来劲了，到了吃饭的时候也不走，我母亲在厨房里做好饭，也不好意思端出来吃。留他一起吃饭，他却又死活不愿意，拉都拉不住。

于从广是个特别爱聊天的人，却总是把一个问题翻来覆去地说上五六遍。更要命的是，他坐椅子还不肯老老实实地坐，喜欢晃腿或者颠脚尖，把我们家的藤椅晃得吱吱呀呀的响。如果他坐床沿上，会晃得一张床都在动。

于从广是村里几十个教师里面命最苦的，他很年轻的时候就当上了教师，很快碰到政治运动，他蹲牛棚、游街和被批斗的时间，是村里教师中最长的。

因为太多的折磨，他患上了不少毛病，比如驼背和哮喘，无论春夏秋冬，他走一段路，都要张着嘴喘一会。

虽然生活给他上了一堂又一堂刻骨铭心的课，他依然很乐观，总是笑眯眯的，很满足的样子。他经常说："我这个人能活下来，要感谢共产党，感谢邓小平，要不是邓小平给我平反，骨头早都沤朽了。"

谁都不敢相信，这个和蔼可亲、柔弱多病的老头还有一个和外表极不相称的身份——乡村拳师。

流行武术的那几年，一群十五六岁的孩子从家里偷了钱，买一箱白酒和几条上等好烟，跪在于从广的面前，请求拜师学武。让人不敢相信的是，于从广竟然收下了这些徒弟，还教授了他们一些套路。

这简直就是一个谜，谁也不相信这个走几步路都喘得喉咙山响的老头会打拳。而且，老头在人前却从没有承认过自己会武功。

村里被传说为于从广弟子的只有一人，就是少言寡语的学师。学师长得膀大腰圆的，两只手掌粗糙得像树皮，据说可以用手掰断一块红砖。

后来，于从广来我家领工资的时候，我问他："他们说你是武术大师呢？"他仍然笑眯眯地说，"我哪里会什么武功，你看我像吗？"我说，"不像啊。"他说，"就是的，我连路都走不稳呢，怎么教人打拳？"

这是个谜，到今天，我都不知道他到底是不是拳师。

于从广很年轻的时候就掉牙了。牙是不是革命小将敲掉的我不知道，反正，他没有牙的脸是瘪下去的，像个老太太。

他装的假牙很白，他张嘴笑的时候，离老远都看得见，很亮很闪眼。村里装假牙的人不多，所以和我大小差不多的小孩子，追着于从广看他的假牙，觉得那是一件很开心的事。

于从广的退休金从 30 块涨到 600 块的时候，他的生活也越来越讲究。买了辆新自行车，还有很多新衣服，最常穿的是蓝色中山装，还熨得整整齐齐。他的自行车前面的车篮里，经常有一条鱼、一只鸡或者一块肉。

他的口袋里，还有一只长年响着的收音机。所以，村里人经常会拦着他问"今天天气怎么样"，他就像播音员一样播报一遍:“白天多云转阴天,夜里有雨,东南风三到四级。”

于从广有一个长辈曾经是国民党军队的校官,也曾经是县里面地方武装力量的最高长官。他跑到台湾的时候,留下了妻儿老小。回来探亲的时候,又带了一大群人来——他在台湾重组家庭的妻儿老小。老头在台湾也算是个有钱人,他给每个前来看望他的亲戚发一条金项链和一块名表,以示对大家的思念和感谢。

轮到于从广的时候,于从广没有要,他从床下面抽出一个旧木箱子,翻出一卷字画,把它送给了初次见面的台湾亲戚。于从广说,“这算是我最喜爱的一幅画,也是家里最值钱的东西,现在交给你保管吧,算是件见面礼。”

有人说于从广傻,这传家的宝贝怎么能送给台湾人呢,自己的亲生儿子都不传。而且因为这层“海外关系”,于从广和他的堂兄在历次运动中没少游街,现在应该是要赔偿的时候,怎么还能送东西?也有人说于从广送出去的那幅名人字画非常值钱,在1980年左右曾经有人出价一万元。一万元在那个时候差不多能买下我们半个村子了。这些都是传说,我并没有亲眼所见。

于从广年龄越来越大,起床越来越晚,赶集越来越少,住在医院的时间越来越长。冬天时节,他几乎闭门不出了,他那个红砖墙院子的铁门上经常挂着锁。

终于有一天,有人从门缝里发现于从广出事了。天明的时候,他儿子喊他吃饭,拍门不开,破门进入后,发现他躺在地上,一动不动,立即喊村医来,村医说,得了脑溢血,要抓紧送医院。

等到医院的时候,于从广已经昏迷不醒了,三四天后心脏停止了跳动。

有人说如果于从广晚年娶个老伴就不会出事了，七十多岁的人，天天还要自己做饭洗衣。

据说，于从广的妻子在他年轻的时候病逝了，那时他最小的孩子牙牙学语。他在壮年的时候，就成了鳏夫。依稀记得有一年春节，我父亲和于从广开玩笑："你每个月好几百钱能花得完吗？找个老伴多好，帮你洗衣做饭，夜里拉拉呱，冬天睡觉也有个捂脚的。"于从广笑笑说："都这把年纪啦，离死不远了，到头来还要再害一个人伤心，没必要了。"

于从广和村里很多去世的老人一样，被葬到了祖坟地里。他的坟没什么不一样，没有墓碑，也没有任何标记他名字的东西。也许再过十几年，这个有趣的老头，将和坟边的荒草一起隐退于历史之中。

于从广出门时习惯一个口袋装糖，
一个口袋装烟，
见到小孩子就笑眯眯地弯下腰，
摸摸孩子的脸蛋，递上一块糖，
见到抽烟的就和人家一起点个火。

“硬核书记”

吴长坤并不是我们大于村的人，他是我们大于行政村的村支书。

大于行政村由小李村、小褚家、曹圩子、吴牌坊和我们大于村组成。行政村以前叫大队，所以，大家都称他老大队书记。

在农村生活时间长的人都知道，并不是所有的村民都憨厚、善良和纯朴。势利眼，踩低扒高，玩些小伎俩，耍耍小聪明，搬弄是非或者落井下石的人，每个村子都有不少。强龙能压地头蛇，能管住三千多口人的人，肯定得有些非凡的手腕和头脑。

所以，这么多年，书记换了一茬又一茬，村民最服气的，还是吴长坤。

吴长坤是怎么样的人呢？自从我记事时，他就是我们大队书记，当大队改叫行政村的时候，他又当上了村支书。从1970年一直到1990年，他都是我眼里最有能耐的官。用老百姓的话说，吴长坤跺一跺脚，几个村子都要抖三抖。

当然，吴长坤并不是村里的“南霸天”，他只是一个工作狂，或者说，是一个一心要带老百姓发家致富的领头羊。只不过，一脸严肃，从不轻易露笑脸的他，身上的羊性少了一点，多了一些虎威和狼性，也或者有一些牛脾气。

最早对吴长坤有印象，还是他在开群众大会时。他习惯披着中山装，戴一顶蓝色工农兵帽，双手掐在腰里，开始发表演讲，他讲话时几乎不停，而且从来没有稿子——因为他没有写稿子的秘书嘛。好像他从来不坐在板凳上讲话，喜欢一直站着，一站一早晨，讲到大家肚子都咕噜咕噜叫的时候，他才住嘴。

每天早晨，鸡叫二遍，村民还在睡梦里的时候，大喇叭哇一声响起来，先是一段《朝阳沟》或者《打金枝》，戏戛然而止的时候，他猛吹几下话筒，然后就开始说："这个……今天……早晨，我来说几句话。"

那哪里是早晨呢，东边不但没有鱼肚白，上面还一天星呢。被大喇叭吵醒之后，村里的狗开始汪汪汪地叫，猪开始拱猪圈门吭吭吭地叫，老井上开始有水桶碰撞井台的哐当声，还掺杂着早起村民互相打招呼的声音。

总而言之，书记的大喇叭就是起床号。每一天，每一年，都是如此。当有一天，吴长坤的声音从村子上空消失，换成了另一个书记的声音的时候，村民被冷不丁地吵醒，听了一下，才恍然大悟书记已经换人了。没有了吴长坤的村庄，就像一座没了狮子王的山林。

吴长坤当书记的那些年，我们行政村获得了数不清的荣誉，市级的，也有省级的，比如全省绿化先进行政村，全地区花园式管理先进村庄，全县计划生育先进村等，奖杯和奖状摆满了村部的办公室。

因为“先进”，一年四季都有成队的小车和各级领导，到我们村视察参观。这时候，吴书记就要求我们要把大路扫干净，把道路两边的树刷上一米左右的白石灰，把自家的猪啊羊啊都拴好。总之，要以最整洁最有秩序的模样，迎接上级的检查。

在我读小学的时候，我们曾经作为拉拉队，排着长队，站在路两边，挥舞着小手，高喊“欢迎，欢迎，热烈欢迎”。平时很少看到四个轮子的汽车，更别说小轿车了，当一队队的小轿车从村级公路上疾驰过后，我都非常贪婪地深呼吸，让混合着尘土和汽油味的空气，在鼻孔里停留得久一些，再久一些。秋天，天气干燥，小轿车飞驰而过，扬起的尘土，映衬在蓝天白云下像一条黄龙，飞扬很久才会消散。

在吴书记的带领下，每年一入秋，把田里的过冬作物种好后，村里就要开始挖沟打塘，一直忙到过年。

大家穿着雨胶鞋，一锹一锹地挖河泥。从初冬挖到春节。大家一边挖，一边暗地里咒骂吴长坤心狠。

辛苦换来的是平整的路，是整齐划一的小河，也有士兵一样的行道树。因为年年挖塘修渠，那些年的庄稼，基本上是旱了有水浇，涝了有渠排。因为路是年年修的，所以，村前的砂礓路平整得就像城市的水泥路。我们村的棉花田是全县经济作物示范田，因为长势喜人，年年丰收，村民收入自然升了上来。这时候，一季的辛苦和怨言都烟消云散了。

吴长坤雷厉风行的作风，让习惯于撅着屁股睡到天大亮的村民非常不适应，也让睡睡懒觉打打扑克的年轻人不适应，但是，没有人敢说一个不字。

吴长坤不但书记当得好，也很会发家致富。春天卖树苗农药，秋天卖种子化肥，他把东西拉到家门口，让村民购买。

终于，吴长坤在我离开村庄去县城读书的时候，由于各项提留太重，村民上访，被村民告倒了，原因是经济问题。这个时候，他已经升任副镇长了。

一晃 20 年过去了，他现在也应该是一个年过八旬的老人了。他在老家盖的那片青瓦房，在我离开村庄的时候，仍然是吴牌坊村西口最显眼的建筑。现在，估计已经遮蔽在其他的小楼中了。

养鱼人于刚善

于刚善是我们村子唯一一个莫明其妙失踪了的人。

三十多年过去了,村里大部分人相信他已经不在这个世上了,但是他的家人仍然坚信他还活着。大家都在期待一个奇迹:有一天,这个老头还会满面春风地走进村子。

于刚善是一个很受老少爷们欢迎的人,他个头不高,喜欢微笑,总是离很远的地方,就主动和人打招呼。他笑的时候,两只眼总眯着,而且呈弧形,嘴张着,露出红色的牙龈来。

这个脾气好得不得了的人,从不与人吵嘴,也很少跟人抬杠。

刚刚实行包产到户的时候,于刚善就承包了村里的几口鱼塘,养鱼。

他刚开始养鱼的时候,村里人都当笑话看。村前村后的水塘和坑里河里都有鱼,想吃的时候撒几网,很少有空网的。谁会到鱼塘买鱼呢?

事实上于刚善养的不是用来吃的鱼,而是鱼苗。每年春天河水泛青,花红两岸的时候,鱼塘里的鱼苗,就由鱼子变成了鱼,一开始像针线头一样的小,像头发丝一样的细。没两天,鱼苗就像遇到热水的茶叶,撑开了,像短短的火柴杆。

当鱼苗变成泡开的茶叶那么大的时候,就可以卖了。成群的鱼苗在水里游来游去,黑乎乎一片,像一条很大的鱼。

鱼苗每天要喂好几次豆渣或者豆汁。所以于刚善每天都要不停地在一台石磨子前劳作,一只手握着长勺,把泡得发胀的豆子送进磨眼,另一只手握着石磨的把,吱吱呀呀地推。

那些喝了生豆汁和豆渣的鱼苗长势很快,一般十来天就能长出半寸长的身体来。仅仅几天后,再看那群鱼苗的影子,黑影就变大了数倍,非常壮观。在清澈见底的水里,那些鱼就像游在一幅画里。因为水面总是倒映着绿的树或蓝的天。

因为清澈见底,鱼苗没有可以藏身的地方,拿一个网或长勺,总是很容易捉到它们。

于刚善累的时候,就哼几句小曲,歪在竹制的椅子里,眯着眼打盹。或者邀一个人和他下几盘象棋。他的棋比较臭,但是棋风很好,输了就输了,不怎么悔棋。

他用来看鱼塘的小茅草屋,成了很多偷懒庄稼汉的好去处。那些身子懒得长虱子的汉子,常常躲在于刚善的鱼塘边上,和于刚善下棋,或者一块抽旱烟,到中午的时候,顺便从塘里捞几条鱼回去,给孩子和老婆打打牙祭。

所以,于刚善的鱼塘,一直是村头人气很旺的地方。有老人,有中年汉子,也有像我这样半大的少年。老头喜欢下棋,中年汉子喜欢吹牛,少年则喜欢翻他的养鱼画报,或者从他的鱼塘里顺手牵羊,捉几条小鱼回家烤着吃。

即使知道有人捞了几条鱼,于刚善也不恼。他一般会抓抓头，脸皮通红，非常不好意思的样子说："鱼都还小，才几两重，现在捞上来，你哪里是吃鱼呢，简直是吃它的命，不好，不好。"

仿佛那偷捞鱼的人没什么过错，倒是他没有把鱼养大成了自己的错。

夏天快到了，鱼苗被四乡八邻的人来买走了。总是会剩下一池半池的鱼苗没有卖光，它们仍然在鱼塘里生活着，不紧不慢地游着，继续吃着豆沫和豆渣，个个养得通体发亮，肥大又健康。鱼长大了，打鱼的主意的人就多了。今天你捞几条，明天他捞几条。池里的鱼越来越少。于刚善的老婆就急了，守在鱼塘边上，骂那些不要脸伸手捞鱼的人。

于刚善就很窘，说，骂什么嘛，不就几条鱼吗，捞了再养啊。何必得罪人呢，都是老少爷们。他们不是多少天没吃到鱼，也不至于来咱鱼塘里捞嘛。

脸皮厚的人还是有的，那些贪小便宜的人就更加放肆了。只等于刚善老婆回家做饭的时候，立即到鱼塘边上来捞鱼。

说实在的，于刚善养鱼的那几年，让村里的不少人家喝到了鱼汤，他倒是真没有赚到什么钱。所以后来，他的鱼塘也就青黄不接，到后来，连抽水机用的柴油钱都没有了，只好把鱼一池池地捞出来卖光，毁了鱼塘。

于刚善养鱼的年头，大约有十来年，就是从联产承包责任制那时候开始，到他出走前的那一年。

于刚善出走前的最后几年，他的眼老花了，据说是看东西模糊，都是重影。所以他经常张三李四地喊错人。村人也不怪他，都说，这有什么呢，反正都是爷们，叫错了就叫错了，不差辈分就行。

于刚善却非常地不好意思，他觉得喊错人，是对人家的不尊重，他是一个脾气好，又倍加小心的人，不允许自己犯错。

儿子们一个个成家立业了，开始独门立户，他不用操心田里的庄稼，也不用操心鱼塘。

就在大家都认为于刚善要开始享清福的时候，突然有一天早晨，他莫明其妙地从村人的视线里消失了。于刚善的老婆说，他早晨起得很早，说出去转转。这一转，就没见他回来。

几个儿子在火车站和汽车站到处找，印了很多寻人启事，到方圆几百里的城市里去贴，去电台报纸登寻人启事，但是，没有任何效果。直到有人说，在云南昆明汽车站，好像见过于刚善，他的儿子们又跑过去找，也落空而回。

有人说，于刚善是和他某个儿媳妇生气气走的。那么好面子的人，觉得脸上挂不住，一气出走了。

也有人往坏处想，怕是他投了某个机井或水塘什么的。但是，对于一个这么善良的人，大家都不愿意这么想。

反正这么一个好性格的人，从此就没回来。掐指一算已经快 30 年的时光，如果他回来，也是八九十岁的老头了。

鱼塘早已消逝，埋成了农田，看鱼的茅草房早已经没有影踪。只有房基还在，里面有几只破碗和一块被人的屁股磨得光滑见亮的石头，这些旧物件在提醒，这里曾经生活过一个有趣的老头。

帮我叫魂的老太太

在我的眼里,明礼娘是村里老太太中最命运多舛,也最有故事的人。

据说她结婚几年后,抗战爆发,她的丈夫抛妻别子参军离家远走,从此杳无音信。在一年年的期盼落空之后,她仍然相信有一天,丈夫会骑着高头大马回来。

可是,她等了一辈子,只等到一纸烈士证书和一个烈属光荣的铁牌牌。

她不死心,一直怀疑上级把信息弄错了,一直坚持在老房子里住着,怕回家的丈夫找不到家。

因为坚信丈夫会回来,她不肯为丈夫堆一个坟。有人劝她,找几件他穿过的衣服,埋到坟地里,年年清明、七月十五也有个烧纸的地方。她坚决不同意:"如果他没死呢? 那还不把他咒死了。"

在期盼中她把儿子养大,有了孙子,孙子又有了儿子,儿孙满堂。一晃60年过去了,她80多岁了,她儿子也60多了。因为很少有人知道她的姓,村人习惯以她儿子的乳名称呼她。她的儿子乳名叫明礼，所以她被村人习惯性地称呼为“明礼娘”。排辈分，我叫她大娘。

在她年轻的时候，每一个与团圆有关的日子，她都会关上门暗暗地哭一场。所以，她的眼睛总是通红的，而且有很大的眼袋。她的声音总是很粗，略带沙哑。她的手指甲很长，食指和中指间经常夹一支香烟卷，终年被青烟缭绕着。她的嘴唇总是暗红色的，头发花白，脑后挽着一个很大的髻。只是，她眼睛里的哀愁像村里的百年老井，让人不忍多看。我总觉得她和别的老太婆不一样，所以有点怕她。

我出生的时候，她已经年过半百，我和她第三个孙子年纪差不多。从我奶奶家到我家的路上，必经她家门口，每次她都隔着门前三米多宽的水沟大声喊：“坤先生家的老三吧，我的个乖乖，长这么高了。”

我早晨经过的时候她是这句话，晚上经过的时候，她还是这句“我的个乖乖，长这么高了”。

她喜欢和每个经过她家门口的人打招呼，不论蹒跚学步的孩子还是胡子花白背驼耳聋的老头，她都热情得很。初秋的时候，她会用她的拐棍朝头顶的枣树抡几下，树上就落下一地的红了半边的枣儿，她喊我们去捡，然后她乐呵呵地用拐棍，挨个轻轻地敲敲我们的屁股。

可是，我却一直非常怕她。我的记忆里，我从四五岁的时候，每年都要被她扎几针。因为我胆子非常小，经常会吓掉魂。黑夜里的一条狗的猛叫，黑影里跳出的一只猫，或突然晃动的树影，都能把我吓掉魂。母亲见我厌食嗜睡，就会揪着我的耳朵，牵猪似的连拉带拽把我弄到这个老太太面前。然后，她让我坐好，闭上眼睛，给我叫魂。

叫魂一定要在太阳底下，而且要在正午之前。

老人就对着太阳念念有词，然后拽出我的两只手，分别在两个中指的第二个指关节处，用针狠狠地扎下去。使劲地挤，针扎的地方，先是流出黄色的黏液，等有鲜红的血冒出来的时候，她吐两口唾沫涂在扎针处，拍拍我的脑袋说："魂来了，魂来了。"

我最后一次挨她的针已经15岁了。我根本不相信自己会吓掉魂。但是拗不过母亲的劲儿，我只好像小时候一样坐下来，等着钻心的两次痛。老太婆很神，她每次都能说出来我因为什么吓掉了魂，比如一脚踏空掉到水沟里了，再比如被墙洞里猛地蹿出来的猫吓掉魂了。

因为是革命烈属，每年的春节或者建军节，都会有镇里的领导来看望她，送一些糖果、毛巾被什么的，有时候还有一张印着"革命烈属光荣"的画。堂屋门上坎还挂着一个"烈属光荣"的牌子。有领导来看望她的时候，她说话的声音会很大，抑扬顿挫的，像在群众大会上发言。

明礼娘命苦，年轻时守寡，儿媳妇在三十多岁的时候得了白血病。儿媳去世的时候，她最小的孙女还在吃奶。她抱着吃奶的孙女哭得两眼红肿。她颠着小脚，一天到晚抱着孙女东家西家给孙女找奶喝。

有人说她的命硬，年轻的时候克夫，老了又克死了儿媳妇。她气得骂自己，"老天爷怎么不让我死啊，我活够了。"

孙子孙女一天天长大，成家立业，她又抱上了重孙子和重孙女，她高兴得咧嘴笑，让人惊喜的是，都快80的人了，牙还没有怎么掉呢。她拄着拐棍，颠着小脚在村子里晃来晃去，前面跑着她光屁股的重孙子。她大声喊："你个小东西，慢慢地跑，老太太我跟不上你。"一晃，她的重孙子今年都快成人了。

她仍然烟瘾很大，每天青烟缭绕，她说，不吸烟没法活啊，三天不吃饭行，一天不抽烟不行，比抽筋扒皮还难受。她是村里比较年长的长辈了，春节的时候，前来给她拜年磕头的人，坐了一屋子，在她面前跪了一地。她总是能清楚地喊出每个人的名字，无论是五六岁的，还是七八十岁的。

她仍然会想起60年前的丈夫。她说，"这个人死到哪里去了呢？生不见人，死不见尸，我给他养了一大窝子儿孙，他都不回来看一眼。我给他立了这么大的功，也不回来说一句谢谢。"

她仍然清楚地记得丈夫出门的时候穿的衣服，记得他的模样。如果她不说起，几乎没有人知道她以前还有个丈夫。村里五十多岁的人都没见过她的丈夫，所以，她说这段故事的时候，大家都觉得很好奇。

她一辈子最担心的事是自己死了之后怎么办，她说："人家都是两个人埋一块的，我一个人埋到地里算怎么一回事呢？"

一直到去世，也没有人告诉她丈夫怎么牺牲的，是在战场上，还是在牢里，最后埋在哪里。这成了她牵挂一辈子的事。

明礼娘去世后，村里的小脚老太太越来越少了。记得她坐在门前，抬抬脚，给在旁边玩泥巴的孩子们看："你们见过这么小的脚吗？你哪里知道为了裹这么小的脚，要受多少罪哟。"

橛　叔

那天中午，橛叔在大门外喊我，他怕我家的狗，不敢进院子。

我拉他往院子里走，他摆摆手，说："屋里人多，不方便，我就站在门口和你说说我的事。"他一边摆手，一边把两包红三环往我手里塞。

橛叔是个侏儒，身高只有一米二左右，远看像个六七岁的孩子，近了看，一头花白头发和拉里拉碴的胡子，透露着他真实的年龄。

橛叔出生在 1942 年，属马，和我父亲是没出五服的堂兄弟。橛叔的侏儒症，有人说是因为战乱在娘胎里吓着了，也有人说是因为他母亲长年抽烟造成的。

总之，他在六七岁之后，就不再长个头，他的生活和命运，也注定比健康的同龄人坎坷艰难得多。

橛叔的弟弟小年比他高一大截，但是，命运却并不比他好到哪里去。在我开始记事的时候，橛叔和他的弟弟，就和他们白发苍苍的老娘一起生活。

大约1985年左右，他们一家从东北迁回来，住在低矮的土坯草房里，三个人相依为命。

种田的活基本上由橛叔的弟弟年叔一个人承担。养不起牛，也买不起好化肥，地里的庄稼总长不好，心烦的时候，年叔就会左手拎一个酒瓶子，右手拎一杆铁锹，跑到大街上骂人，谁接他的茬，他就用瓶子和锹往人头上敲。

因为喝酒和打人，家里值钱的东西都赔完了。

橛叔身材矮小，连一桶水都提不起来，但是，他看到弟弟不对的时候还喜欢动嘴，话多了必然惹人烦，年叔有时候会掌他一个嘴巴。

弟弟不尊重他，村里的其他不懂事的孩子也调戏他，碰到他时，就跟着后面用土坷垃砸他，起哄，或者抱他的腰，把他摔在地上。

橛叔虽然很恼火，可是他有什么办法呢？他是一个长辈，他不能跟小毛孩子们一般见识。他虽然残疾，可是他毕竟是年过半百的老人了，他渴望和村里其他同年纪的老人一样受到尊重。可是，谁关心他的尊严呢？

苦闷的时候，橛叔就喜欢去钓鱼，坐在河边的时候，他可以什么烦心事都不用想。买不起肉，橛叔钓到的鱼就显得非常重要了。

我从七八岁开始，每年暑假，都会跟着橛叔钓鱼、放羊和游泳，这样的生活一直持续到我离开村庄。

橛叔水性很好，喜欢扎猛子，有时候能在水里摸到老鳖，甚至草鱼，无论逮多逮少，他都会分我一点。他说见者有份，老规矩。

那时候我不懂事，经常问橛叔："别人都有小孩子有老婆，你咋没有？"

我问多了，橛叔就不说话了，直到红了眼圈，闷着头抽烟，一烟袋管接一烟袋管，抽到嘴疼。他磕磕烟袋管说，"我是个残废人，哪里有人跟我？"

我到橛叔家里玩，看到他床头上贴了一圈的女明星海报，逗他说："你是不是想要一个这样的媳妇？"那天橛叔生气了，一把把海报都撕下来了，他觉得我让他丢了脸。

村庄的变化一年快似一年，有人盖新瓦房，有人盖三层小楼房，橛叔家住的仍是那个草房。2004 年，村里一户搬到城里住的邻居把空置的房子卖给橛叔一家住。

他们家终于住上了瓦房。

住上瓦房不到半年的时候，橛叔的老娘去世了。两个月后，橛叔的弟弟也死了。

派出所下的结论是：意外死亡，他自己喝醉酒，夜里没有喝水，被酒烧死了。医生的说法是，呕吐物堵住了气管，窒息身亡。

送走两个最亲的人，曾经热热闹闹的一家人，只剩下他一个人。

橛叔 60 岁了，按法律规定，他开始享受五保户待遇。每年春节，作为村里最穷的五保户，他可以领到几百元钱，一袋面粉，几斤猪肉，还有几桶色拉油。

几百元钱根本不够生活，橛叔几个远房的表侄在春节的时候会略作表示。都是乡下人，都上有老下有小，谁都不比谁富裕多少，橛叔觉得拿别人的钱烫手，死活不肯要，只留下一些吃的。

一个外出打工的年轻人为橛叔找到一个发财的门路：乞讨。

那个人把橛叔带到烟台，给他换了一身旧衣服，在地上摆了一个纸牌，让他蹲在那里要钱。橛叔奇怪的长相，总是能引来很多人围观，还有人逗他说话。他自己也清楚，别人是拿他当猴看。

城市里有同情心的人比乡下多，一天下来，他面前的小盆子里能扔进去100多块钱的硬币和纸币。每天到十一二点，街上人稀少的时候，那个年轻人会带着橛叔到大排档喝酒吃肉。

橛叔说，不管白天受了啥委屈，一喝了酒，心里的苦就散出来了。他喜欢抽烟，而且几十年来，一直坚持用一杆很长的烟袋锅抽生烟叶。那个玉石做的烟嘴，从白色被尼古丁熏成了黑色。苦恼的时候，他就一烟袋锅接一烟袋锅地抽，直到嘴疼。

在烟台要饭，要酒有酒，还能住楼房，比在家里孤苦伶仃的好多了。可是，半年之后，突然有一个夜晚，橛叔躲过那个年轻人的监视，自己一溜小跑到了车站。他一个人一边讨饭，一边问路，竟然回到老家。

他说，“穷死不做贼，饿死不要饭，我不想丢人。”

回到老家的橛叔，开始在村里四处捡破烂，他在城里的时候，经常看到有人翻垃圾桶捡矿泉水和饮料瓶子，有时候，一天运气好的话能挣二三十块。可是，村里哪里有什么塑料瓶子，谁家的瓶子不自己存着呢。

干不动活，又没有钱花，因为苦闷，橛叔和他的弟弟一样慢慢喜欢上喝酒，每天都会喝上几口。

他说，现在才知道，酒真是好东西，喝几口，头懵懵的，能让人忘了心酸。

村里没有破烂，他就到别的村去捡，一年下来，竟然能存一千多块。他不买新衣服，也不修新房子，存下来的钱，都用来吃肉喝酒了。他说，存钱没用，没儿没女的，存钱留给谁？

2008 年，镇里要搞新农村建设，在镇里盖了一片院子，办起了敬老院，动员全镇生活不能自理的五保老人住进去。

我们村里，动员的是橛叔。村干部一次次上门，讲住敬老院的好处，但是橛叔就是不同意。

他说，家里再穷是个家，那个地方就像个劳改农场，关进去容易想出来都难，啥敬老院，都是看笑话的。

最后，橛叔还是没拗过村干部，被拉上面包车，收拾一床被子，住进了敬老院。

敬老院的条件不错，两个老人一间屋，有灶台，卫生间，还有独立的大衣柜。橛叔说，地都是铺的瓷砖，像城里的宾馆。

可是，两个月后，橛叔趁着天黑，偷偷从大门缝里钻了出来，拎着他的衣服，一路小跑了一二十里路，跑回了家。

他说："敬老院的菜里面没有油，馍还死硬。一院子的人，没一个认识的，根本找不到人说话，天天就像猪，吃完饭就晒太阳，吃饱等饿，还不给酒喝，你说，我在那里边有啥意思？"

我理解，橛叔不喜欢那里，不仅仅因为没有熟人，没有人和他聊天，还因为里面的其他老人，经常把瘦小的他当猴子看。

敬老院的人来村里要人，村干部再次动员橛叔进敬老院。这一次，他是拼死拼活不同意，他对村干部说："你要再逼我，我就上吊给你看。"

橛叔手里有个存折，镇财政所定期会给他存一笔钱在上面。后来，他进敬老院了，这笔钱就有一部分由敬老院统一使用。

现在，橛叔找到我，问我能不能找敬老院，把属于他的那笔钱要回来。

橛叔说："我上次去银行，他们说我卡上是一块钱，这次去，他们说是个负数，我不懂啥叫负数。"

最后我才知道，曾经有人借过他的存折到银行办理过抵押贷款。

橛叔问："我现在就想弄明白不住敬老院了，上级还发不发钱给我，我是自个儿逃出来的，他们会不会恨我，就不给我钱了呢？"

我对橛叔说："你又没犯法犯罪的，就是不愿意住敬老院了，按规定，发给你的钱还会有你的。"

橛叔像吃了定心丸一样，脸上泛着红光。

他使劲把两包香烟往我手里塞，两个人你推我挡。橛叔突然大声说："你再不要就是看不起我，嫌我穷，怕沾上我的穷气可是？你小时候可不是这个样的。"

父亲听到我和橛叔的推让和吵嚷，从厨房里伸出头，说："你橛叔给你的，你就收着吧。"

我收下香烟，抽出一支给橛叔点上，他开心地笑了，像个孩子。

其实，因为春节后急着赶回合肥上班，我把橛叔托我向敬老院要钱的事给忘记了，他也没有电话，没找过我，直到他去世，我也没有帮他办。

这件事，我心里一直很后悔。至少，我应该打个电话，和敬老院说说。

橛叔说，一喝了酒，心里的苦就散出来了。他喜欢抽烟，而且几十年来，一直坚持用一杆很长的烟袋锅抽生烟叶。那个玉石做的烟嘴，从白色被尼古丁熏成了黑色。

羊　　田

我是在十岁那年才认识羊田的。羊田的大名叫于兴合。

我们家从村东头搬到村西头，羊田家的房子就在我们家后面。一条三米多宽的河沟是南北两个生产队的分界线。

大于村是个有六百多年历史的大村庄，虽然家谱上是一个老祖宗，但是，毕竟全村有几百户人家八九百口人，所以整个村子分两个队，羊田家是北队的，我们家是南队的。除非开全行政村的群众大会，南队和北队的人才有可能聚到一起，平时打交道真的很少。有的人在村子里生活了一辈子，也没有把全村的老老少少认识完。

我 19 岁离开村庄，到合肥生活，现在回到村里，我能喊出名字的，大约只有两三百人。

现在，真的体会出“儿童相见不相识，笑问客从何处来”的意味了。

我家搬过去的第一天，羊田和他的老婆就过来贺喜。羊田长得很瘦小，个子不高，头发花白。

羊田说了很多欢喜做新邻居的话，希望以后可以得到我们家的照顾。我爹说，互相照应是应该的，远亲不如近邻嘛。

羊田是个很喜欢笑的人，串门的时候，从进门就开始笑，能一直笑到出门。他那时有四十五六岁的样子，和我父亲的年龄差不多，但是按辈分，我父亲是“从”字辈，他是“则”字辈，他要喊我父亲“爷爷”，我虽然只有十岁，他比我低一个辈分，也要喊我“小叔”。

羊田的嘴很甜，无论见到年少年老的，只要辈分比他高，他都会喊人。而且离几十米开外，他就开始打招呼，用很大的声音。很亲热的样子。我娘说，羊田真是个热和人，一说三笑，心肠也好。

没想到刚搬新家住了半年，羊田就和我们家发生了矛盾。

他家的猪拴在我家房子的后面，猪把我们家的房基用嘴撅掉了一大块，猪打泥打了一个大坑。我娘让羊田把猪拴得离墙远一些。羊田说，好好好，吃过晌午饭就拴。

到天黑了，猪把墙角几乎要啃掉了。我娘很生气，就踹了猪一脚。猪一叫，羊田就出来，他把猪牵走了。第二天，那头猪牵到离我们墙有两丈多远的地方。但是，羊田明显生气了，见了我娘，没有打招呼，也没有笑。

夏天来了，一场大雨和大风，再次引来我们家和羊田家的矛盾。羊田家的柳树顺着沟沿向我们家的房子歪过来，树枝被大风一刮，把我们家房顶的瓦扫落了十几块，瓦落房顶漏，下雨时，我们家屋里掉瓦的那一片，漏得都是雨水。

这两件事，把我对羊田的好印象都破坏完了。他再当着我的面笑，我就觉得很假。但是，他还是嘴很甜地叫我“小叔”，离很远的地方就打招呼。他总是笑，你又不能不回应，只好和他说笑。

羊田是个勤快人，每天东方还蒙蒙亮的时候，就能听到他家吱呀一声开门的声音，然后是他咳嗽的声音，很大，而且要咳很长的时间。他把羊一只只牵出来，拴在树上，把猪牵出来拴在靠我家房后面的树橛子上，然后开始在门口撒粮食喂鸡鸭，再开始挑着水桶去井里打水，之后，他家的烟囱里就冒出炊烟。在周围十几户里，无论春夏秋冬，羊田总是起得最早的人。哪怕是冬天飘着齐膝的雪，他也要在鸡叫三更的时候起来。

每天清晨，我躺在床上，听着羊田的脚步在房后走来走去，就猜他在干什么。

太阳出来的时候，羊田就把猪、牛、羊、鸡、鸭、兔都喂好了。然后挎着一个粪筐开始跟在猪屁股后面，一边逗着猪走，一边弯腰用镢头拾起猪拉下的粪。他是个很认真的人，无论眼底下的猪屎狗屎鸡屎，他都会扒到筐里。

每次见到羊田拾粪，我父亲总是说，羊田这么勤快的人，他一定能过上好日子。

关于羊田的故事，我都是听别人说的。他有过一次不幸的婚姻，很短暂，然后娶了现在的老婆。生了一儿一女。羊田的两个兄弟都是老师，日子过得都比他要好多了。但是，羊田从来不以两个兄弟的名义说诳语。

不知道为什么，羊田家的日子一直过得不是很富有。虽然他两口子没黑没白地过，仍然没见他穿过像样的衣服，吃过像样的饭。羊田总是穿着打着补丁的衣服，而且喜欢穿黄色解放鞋。裤腿卷到膝盖下面，露出绷着青筋的小腿。

我问父亲，羊田这么勤快的人，家里怎么老这么穷啊？

父亲说，他家不穷啊，过几年肯定会盖一片大瓦房的。他是喜欢攒钱的人，钱都存着呢。

从四十多岁到六十多岁，羊田一直是那么瘦，瘦得脸上有着很深的皱纹，刀刻一样的清晰。他劳作了一辈子，却极少穿新衣服，也没住新房子。

羊田家的两个孩子都很争气，懂事而且遗传了他的勤劳的个性。在我离开村子的第二年，羊田的儿子也考上了大学。再回村里，发现羊田更瘦了，上大学要很大一笔钱，羊田借了不少债。快60岁的人了，背驼得很厉害，头发灰白，像秋天的草。

有几年没见到羊田了，有时候我娘会和我说起羊田，说，这个人是个好人，一辈子勤快得要命，省吃俭用，见谁都笑脸相迎。就一个毛病，有时候太抠自己了，苦了一辈子。

羊田用他的劳累，换来了孩子的幸福生活。他教育孩子的方法就是带头干最累最苦的活，做给孩子们看。

小　海

三十多年过去了,小海已经渐渐被村里人忘记。

如果将来有一本写我们村庄历史的书,小海应该占有一席之位。虽然他也没做过什么惊天动地的事情,如果有人提起他,一定是因为他的死。

小海在我们那一批年龄相仿的孩子中,属于生活优越的,他父亲是区里的干部,家里有教师和做生意的。

在乡下,家里有两个以上吃商品粮的人,都会被人另眼相看,走在大街上背部会更直一些,说话的语气也可以比别人稍微傲慢一点。

因为家里条件很好,小海是我们同龄中第一个穿皮鞋,第一个戴手表,也是第一个坐火车去过不少大城市的人。

小海和我们说话时,眼睛总斜在一边,双手习惯性地交叉着,放在胸前,一只脚别在另一只脚上,立起的那只脚尖,总是有节奏地抖动着。

每次听他说话,我们都像听天方夜谭,眼睛都直直地紧盯着他的嘴。而他的眼睛只盯着天花板,根本不看我们。

他总在我们听得聚精会神的时候，突然停下来，说："你们永远也不会去那里的，听了也没有用。"

然后，他吹着口哨，板着脸，旁若无人地走了。

小海的穿着总是很时髦，让我们很羡慕。他微卷的头发梳得油光水滑，尖头黑皮鞋配着黑皮衣，里面是大翻领的白衬衫，他和那个唱《冬天里的一把火》的费翔是那么的像，如果不是稚嫩的脸庞，他就是缩小版的费翔。

很多人还以骑新自行车骄傲的时候，小海已经骑上了摩托车。每天清晨，摩托车轰鸣着拖着一缕青烟，从村中飞驰而过，后面是一串羡慕的眼神。为了能坐他的摩托车，大家都想办法讨好他，送他香烟或者瓜子。

但是，这些小东西根本打动不了小海，因为他家在街上开了个商店，他不缺这些。

大家发现小海最喜欢的是恭维话。恭维话不需要什么成本，无非动动嘴皮子，脸上挤出些笑。小海高兴了，就会手一挥，说："上来吧，带你玩玩。"

漂亮女孩子都知道小海的秘密，所以，她们只需要撅一下嘴巴，撒个娇，甜甜地喊一声"小海"。他就会停下来，让她们尝个鲜。有时候，他还会从板着的脸上挤出一些微笑。

小海的辈分在我们同龄人中是最高的，连我都要喊他爷爷。我们这个村庄有着极其纯正的血脉关系，自明朝到现在仍然只有一个姓氏，一代接一代，一脉相承。

小海喜欢别人喊他爷爷或者太爷。即使是那些头发花白的古稀老者，有的也要喊他爷爷。高辈分让小海不能随便和我们其中的任何人开玩笑，为长者尊，他可以随便骂比他辈分低的人，如果被骂的人是低辈分，是不能回骂的，村里就是这么个规矩。

寒暑假，在外地上学或打工的年轻人喜欢聚在一起天南海北地胡扯一宿。小海仍然是说话最多的人，仍然是双臂交叉着放在胸前，仍然一只脚不停地抖着，眼睛看向另一边。

记得有一年春节，二哥从上海打工刚回来，小海就找到我们家，把我二哥拉到屋外，说："听说你刚从上海回来，我们谈谈上海吧。"小海表情很严肃的样子，把我的母亲吓了一跳，以为他要找我二哥打架。

小海说："上海也就那个样吧，无非是高楼多一些，我好几年前就去过的。"

我二哥是去打工的，根本没逛过什么南京路和外滩，他打工的工厂在一个叫吴淞口的地方，而且打工的时候大多数都待在屋子里，连市里都没去过。所以，我二哥哪里知道什么老凤祥银楼和外滩呢。

二哥一问三不知的样子让小海很是失望，他吹着口哨傲慢地走了。

小海是村里去过大城市的人，成为大家统一的认识。这种感觉让小海很满足。

20 岁那年，小海订了门婚事。据说那个女孩长得非常漂亮，留着大辫子，有一双大眼睛。不知道为什么，小海却一直对这个女孩不满意。所以这门婚事，订了又退，退了又订。

1993 年的春节，和往常一样热闹也一样的平常。年初二，村里男女老少进进出出，互相寒暄着，小海下午来我们家玩，拉住我二哥的胳膊说："你当兵了，在部队也学了武术，我们俩练练。”

我和二哥都觉得莫名其妙，二哥一脸僵硬地站着，说：“大过年的打什么架啊，没仇没冤的。”

小海却是很认真的样子，面带微笑地说：“怕什么，我跟你学几招啊。”

谁都没有想到，六天以后，这个站在我们面前活生生的人竟然自杀了。

那天是年初七吧。早晨五六点多钟的样子，小海爸爸一声声嘶力竭的大叫，喊醒了半个村庄的人。他走进草屋拿草喂羊的时候，竟然看到小海躺在地上，地上和墙上都是血。据说小海的一只手，还握着铡刀的把！

村医提着药箱子跑进小海的家，要去抢救，可是他也没见过这阵势。过了一会，村医出来了，说：“没法救，救不活了。”

小海从屋里被抬进了院子，上面盖着一个被单，一双失去血色黄得像纸的脚露在被子外面。这是小海留给我最后的印象。

没有人能解释清小海为什么会以这种方式结束自己的生命，而且是以这么惨烈凶狠的方式。

小海没有留下任何字面上的遗言。他的家人也想不出任何可以支撑起他自杀的理由。他为什么自杀，成为村里持续数月的话题。没有一个人猜得透。

这个年轻人，就像他活着的时候经常做出令人费解的举动一样，他的死也同样成了一个谜。村里的老人说，是鬼迷的心窍。

可是，那又是什么鬼呢，能让一个 20 岁的人，这么坚决地赴死？是因为久拖不顺心的婚事？是因为与村里其他年轻人格格不入的性格？还是因为理想与现实的落差？

在我的印象里，小海一直渴望成为北京上海某个大城市中的一分子。当村里其他同龄人考了中专或大学，中学退学的他身上的光芒渐渐暗淡，他从光鲜少年变成了游荡的闲人。难道是因为这种落差，让他变得不开心？除了这，我再也想不出其他理由。

记得人生的最后几年，小海总时不时地说一句口头禅：人活着真没意思。

难道这是谶语？

“大先生”红分

红分是个会唱《王三姐坐寒窑》，会打毛衣，爱穿花裤衩，喜欢翘兰花指的男人。

虽然红分比我大十来岁，论辈分，我喊他叔，可是很多时候，他却喜欢听我的指挥。

红分家的祖屋和我们家隔一条三米宽的水沟，我们经常一人端着一个饭碗，隔着水沟聊天，其实就是互相取笑，逗急了，互相扔土坷垃。有时候土坷垃扔到碗里，一碗饭就毁了。

最初，红分家比我们家有钱。红分的爹是队长，一个整天喘得直不起腰的老头，头发花白，脸色灰暗，一杆一米多长的烟袋四季不离手。老头有一个外号叫老黑，好像是铁面无私的意思。

不知道老黑为什么要在四十多岁的时候还突然生了一个儿子。这时，红分上面的哥哥姐姐有的已经成家生子了。

红分的姐姐很多，究竟有几个我也不清楚。因为我开始记事的时候，这些长相俊俏的姑娘都纷纷出嫁了。当我离开村庄的时候，她们有的已经长成老太太了。

红分和他的外甥们一起玩，有时难免会抢夺东西，急了，红分就和那些外姓的孩子打了起来。当然，那些外甥也很不客气，该还手的还是会还手，打成一片。

渐渐长大，孤独的红分终于还是加入我们的阵营，成了我们的头头。

20 世纪 70 年代出生的孩子太多了，每家都有两三个。因为红分经常能从家里拿出油馍盒子和油条，所以我们都喜欢跟在他的屁股后面。

相比男孩子，红分更喜欢的还是女孩子，他把红砖头和青砖头磨出粉，用水一和，在那些女孩子的脸上化妆，一起咿咿呀呀地唱戏。

我们这些光屁股的男孩子，有的当王朝马汉跟在他后面跑龙套，有的要弓下腰，撅起屁股给他当“板凳”。

12 岁之后，红分就基本上和女孩们扎堆了。他喜欢把小手插进女孩的胳肢窝里，挠人家的痒痒肉。也喜欢和女孩一样摘鸡冠子花染红指甲，甚至在头顶用皮筋扎根直直的像橛子一样的小辫子。

我最常见的场面，是红分穿着红色的花棉袄，追在几个女孩子的后面喊：“姐姐，姐姐，等等我。”

当那些女孩开始发育，胸前纷纷长出一团小馒头的时候，她们不再让红分和她们过分接近，也不再和他手拉手唱《王三姐坐寒窑》。红分像一只被群猫遗弃的幼崽，终于向我们投来求助的目光。

我们一起钓鱼、割草、洗澡。我们脱得精光的时候，红分总是红着脸，捂着裤裆不肯脱。我们就一哄而上，扒掉他的裤衩。

他极力抗争，哭闹着，但是，他叫喊的声音像极了女孩子，甚至擦眼睛的手也会不由自主地翘起兰花指。

夏天满地绿草，割完草的时候，最快乐的时光，便是听红分唱《王三姐坐寒窑》，他使劲捏着嗓子，发出像女人一样的咿咿呀呀声，有时难免脸会憋得通红。一天，一甩水袖的红分把裤子甩掉了，露出花裤衩。当然，引来的又是我们的哄堂大笑。我们趁机扒下他的花裤衩，扔出好远。

红分被这突然而至的情况惊呆了，脸色由红到白，再由白到红，直到豆大的眼泪奔涌而出。我们知道事情搞大了是在两天之后，我们趴在他家的大门，任凭怎么喊怎么叫，他都不给开门。第三天出门的时候，我们看到他的眼睛还是红红的。这一年，红分十五六岁了。

人总是变化的。那年夏天，红分常常在我们割草放羊之后，突然冲上去扒我们的裤子。只是，我们中间却没有谁为此哭红过眼睛。当大家的裤衩都被扒下来的时候，大家就扑通扑通跑进池塘，开始玩“仰面凫”。

“仰面凫”玩得最好的是红分，他脸向上，平躺在水面，腰部向上一挺再一挺，然后，表演尿尿，空中喷出一道银亮的水线。

那是我们最快乐的一段时光，无所顾忌，又充满了乡村孩子的野性。

二十四五岁的时候，红分不再染红指甲，也不轻易穿女人的花棉袄红裤衩，原因是他结婚了。

结婚五年后，红分也没生出来一儿半女。直到三十多岁的时候，红分的女人生了一个女儿，眼睛大大的，鼻子挺挺的。有人说,这不像啊,谁是她的爹呢?

有脸皮厚的男人逗红分:"你要是早几年想到这个方法,孩子都上小学了。"红分也不恼,嬉笑一下,回骂:"你闺女才是借的种。"因为他的辈分很高,被骂的人也不好回骂。

偶尔回乡,看见红分家门口排满了摩托车和自行车,人来人往,面孔陌生。细问才知道,原来这些人都是来找红分看病或问事儿的。有人问,自己的牛前几天丢了,向哪个方向跑了;有人问自己头疼数年,大医院小医院都看了,药都吃了几麻袋,就是不见轻,想向红分求个方子。

那些陌生的面孔喊红分叫"大先生"。细问了,才知道,红分也是因为一件很偶然的事件成了先生的。大约某月某天夜里,有点高烧的红分,一个大翻身,从床上掉到地上,然后呜呜痛哭,然后,就发出了与平时不一样的声音,满嘴胡话。

自此家里摆了案子,供香的人不断。很多人就把钱变成苹果鸡鱼肉蛋或者一袋奶粉。

不知道是谁把红分"看病通仙"的事告诉了派出所,于是,他以传播封建迷信的名义,被教育了一顿。然后,他家的香火灭了。看病和问事儿,只好在夜半偷偷地进行。

后来,村里人纷纷外出打工,红分就和村里的一帮老年妇女,长年在烟台拾破烂,一年也能弄五六千元,家里不但盖起了红砖大院,还装了热水器和煤气灶,日子一天天好起来。

只是,他仍然是妇女们最喜欢的聊天对象,也经常有意无意地翘起兰花指,或者偶尔抹一下他老婆的擦脸膏,或者涂一下红色指甲。有时也难免会穿错棉袄——经常把他老婆的红棉袄穿在身上。

四代先生

小时候,我在家门口玩泥巴的时候,常有陌生人问我:“这是坤先生的家吗?”或者“你是坤先生的小儿子吧。”

我问娘“坤先生是谁”,娘拍拍我的脑袋说,“傻子,是你大呗。”

我问父亲“坤先生”是啥意思,父亲说:教书的和医生都叫“先生”。

在我们这个有七八百口人的村子,有四十多个老师,有三四个医生,他们都是“先生”。我伯父也是老师,可别人只叫他“于老师”。

我就觉得别人喊我父亲“先生”可能是骂他,就像我给班里同学起绰号一样。以后再有人当我的面喊我父亲“先生”,我就骂他:“你爸还是猪呢。”父亲知道后笑了笑,又把脸一板说,以后不准骂人。

升初一后,我到离家一二十里地的曹市中学报到。报名那天,留着花白胡子的老校长把我叫到了办公室,详细问了我父亲和我伯父的名字。我一一作答,校长十分亲热地拍拍我的肩说,“我知道你父亲和伯父,一起开过会的。”

因为是跨区上学,本来要缴一笔不菲的赞助费的,老校长写了个条子,给我减免了一些,把我安排到录取成绩最好的班。

从此以后,我发现,无论是到商场里买东西,还是到医院里看病,好多上了年纪的人,一看到我的姓就问我家住哪里,跟谁一家的。

姓于的人家,一般就住在我们那个镇那几个村。我们村在附近方圆几十里,是于姓大村,比较有名。

有时候,人家问到我的姓,就会问我跟谁一家的。我就说我是于从坤家的三儿子。那些胡子花白的老头,有些称跟我们家的谁谁念过书,年轻一些的,就说是我伯父或者我父亲的学生。买东西和看病时,也就因此占了不少便宜,话也亲热了几分。

村里一个八十多岁的老医生于从汉,每次给我看病,都会说:“我是你曾祖的小学生,你看,我的手还被他用戒尺打过的。”

老中医说,“你们家出先生,你曾祖那一代有两个先生,你爷爷这一辈也是两个,到你父亲这一代,又有两个,那时候,几个村子的书加在一起,也没有你们一家的多。‘文革’时,破四旧,你们家的书被当柴火烧了两个多月,这谁不知道?”

让我意外的是,太爷的事情,父亲知道的并不多。他只知道,太爷是个私塾先生,生了五个儿子。因为没考上秀才,只好回乡做了教书先生。

不知道是对读书失望,还是因为贫穷,或者当私塾先生也相当失败,太爷只让五个儿子中的两个儿子读书,其他儿子要么负责种地，要么去跟人学生意。我爷爷是老五，是被安排学习的两个之一。

据村里的老中医说，太爷还是有些学问的，会写诗作文章，也会帮人家看风水算命。

每当我问父亲这些都是真的吗，父亲总是淡淡地说，“怎么不是真的，你大伯家里还有你太爷的文章呢。”有一次，我打开父亲的柜子，真的看到了一本看手相用的《玉匣记》，一本算庄稼收成用的《海底明眼》，还有一本破得不成样子，只剩下几页了。

这几本书都是用手抄的，字体十分精美，但被虫子蛀得布满了小洞。我看见有一本上面写着“于桂籍手书”的字样，猜想这于桂籍可能就是我的太爷了。

现在我们家几乎没有什么藏书了，想想在“文革”时我们家烧了那么多的书，真是可惜。

我爷爷比较争气，少年时便考上了国立中央大学，也就是现在的南京大学。从南京毕业后，爷爷到县城的银行当了一个副行长，可惜没做几年，因为和行长闹矛盾，被赶了出去。只好带着一家老小和铺盖卷，回到了乡下。

所以，我大伯、二伯和姑妈，都是在县城出生的，我父亲和我叔叔就是在乡下出生的了。

我小时候，父亲鼓励我们读书时，最常用的一句话就是：考大学，重新回到县城。

回到乡下的爷爷不会做农活，也没有人听得懂他嘴里的大道理和天下大势，他渐渐喜欢上了喝酒和散逛。用我奶奶的话说就是，这个人懒到油瓶子倒下都不会帮你扶。夏天收麦子，大雨泼到打麦场上，爷爷该躲在屋檐下抽烟还是抽烟，不会伸手帮忙。

奶奶说，守着这个人过日子，不但累，还让人伤心。

但在父亲的嘴里，爷爷在方圆近百里，都称得上是有名气的人物。村里上了年纪的人说我爷爷有两手绝活，一是双手打双算盘，五个人一齐念数，他都能运算自如，而且从无差错。“土改”时，他就凭这手绝活走遍了几十个村子；二是他写得一手好字，真草隶篆样样拿得起放得下，每年春节，前后两三个村子的人都来找他写对联，进了腊月他就开始研墨润笔，一直写到年三十。

我记得我小的时候，娘曾给我说过，我的外祖父也是一个“先生”，我没出生时，他已病死于 1958 年的饥荒。

1958 年，我二伯在蒙城师范读书，我父亲在涡阳县初级师范学校读书。为什么都读师范学院，父亲说，很简单，上学不要钱，还能管饭。

1988 年，我的大哥高中毕业之后进了我们村子的小学，当民办老师。1996 年，我考大学的时候，父亲本来也想让我考师范专业的。可是我实在不想教书，所以就违了他的心愿，上了一所非师范类的中专学校。

春节回家时，见刚刚退休的父亲和退休好几年的二伯，以及村里的其他几个老人，天天在一起嘀嘀咕咕地又抄又写的，我问父亲在忙什么，父亲说在搞家谱。

父亲说，我们姓于的这个大家族，是明朝永乐年间从陕西洪洞县迁居安徽涡阳的，于姓家族多分布河南、陕西、山西和安徽四省，而我们这个村子自古至今已经生活了 18 代人。

这样看来，当回“先生”真是不错。

大　　舅

坏消息传来的时候，我正在出差。

母亲在电话里说，大舅得了癌，晚期，肚子肿得像牛，医生不愿意给治了，让拉回家好吃好喝伺候着。

我打电话给二表哥，表哥显得有点语无伦次，他说家里没有钱，只能准备后事了。

放下电话，我呆若木鸡，想不到大舅那么魁梧结实的人，竟然一下子被病击倒，我总是不太相信。他在68岁的时候，还和村里的人，结伴去沈阳走街串巷磨剪刀呢。

我的记忆从20世纪80年代开始。

我记事的时候，大舅已经头发花白。那时，他也不过才四十多岁的样子。大舅有四个儿子，没有女儿，虽说多子多福，但是他要为每个儿子的前途拼搏。

按农村的规矩，他至少要为每个儿子盖一片房子，娶一房媳妇。这是他40岁之后的主要奋斗目标。可是，在乡下，他除了拼命地种好庄稼，也没有别的办法。所以，他对待庄稼的态度，就像伺候儿子。为了多打一点粮食，每天天不亮，他就挎着粪筐满村里溜达，拾粪。

庄稼一枝花，全靠肥当家。刚刚分田到户的时候，农村很少有人舍得掏钱买化肥，都是拣粪。

肥水不流外人田。现在说起来有点像笑话，那时候为了一泡屎或尿，大人们都会捂着肚子，飞奔到自己家的茅厕，才肯解决。

厕所都盖在自家的院子里，或院门口附近，防止有人半夜里来偷屎。都视“粪便”如金钱，所以，村里猪啊羊啊狗啊的粪便，就成了人们争抢的对象。那就只有看谁早晨起得早了。

大舅能吃苦，无论寒暑，他都是村里起得最早的人。别人起床的时候，他已经挎着粪筐，在村前村后溜达好几圈，筐里已经拣了半筐粪了。

所以，每年给庄稼上肥的时候，大舅家的粪堆都是最大的。那是他每天辛苦的标志。

大舅肯出力，也是种庄稼的好手，夏天，他总光着膀子，在田里一天忙到晚，皮肤晒得黝黑。

活干得多了，饭量就大得惊人。大舅恨自己吃得太多，吃面条的时候，他就尽量多喝些汤。汤是水做的，不花钱。

他有时候来我家帮忙干农活，下面条的时候，我母亲就故意不给他多喝汤，多给他盛稠稠的面条。

大舅话少，喜欢皱着眉头，一天到晚，仿佛有很多的心事。他喜欢蹲，不喜欢坐，他说蹲习惯了。其实，他是缺觉，怕坐下来，就很容易睡着了，耽误干活。

大舅一个人的时候，喜欢蹲在门口，一只手在地上用小树棍不停地画圈圈，另一只手抱着头。他是一个蹲着的思想者。

冬天,大舅喜欢把两只手蜷在宽松的袄筒子里,看到孩子时,也笑眯眯地问人家,吃了吗?

虽然经常对儿子们发火,但大舅对他的外甥们总是很好,语气温和,让人听着很舒服。我记忆里,他到我家来的时候,放下东西,有时候,还会抱抱我和妹妹,用他胡子拉碴的大嘴,亲亲我们的脸或额头。

儿子多,大舅特别希望有个女儿。可惜,后来怕养不起,就没生了。他喜欢女孩,有时候逗我妹妹说:“跟大舅走吧,到我们家住,给你好吃好喝。”

有时候,看到我母亲训斥姐姐或妹妹,大舅都会护短,说:“小女孩子,你骂她干吗,哄一哄不就行了?”

和大舅家相比,我家地多人少,父亲又在外地教书,田里的活只靠母亲一个人在拼。忙不过来的时候,只有向大舅寻求帮助。所以,每年夏天,大舅都会带着一干人马,来帮我们家收麦子犁地种地。早晨来,晚上回去,还不在我们家吃饭。

夜幕里,他们一行人,忙完庄稼,又迈着大步在月光下步行十几里,空着肚子回家。母亲说,大舅他们是为了给我们家省口粮。

1996年,我考学离开家乡,到了合肥,和大舅相聚的日子渐渐减少。春节成了我们见面的固定时间。

大舅60多岁的时候,我的四个表哥逐个都成家,生养儿女,可是,大舅没有选择跟任何一个儿子一起住,他要单过。他说,人老了,流口水淌鼻涕自己都不知道,会让儿媳妇们笑话。

大舅的腰越来越驼,头发全白,头顶秃了,抬头纹深得像沟壑。

聊天的时候，大舅很少问我的工作，他只关心我的身体，吃得可好，住得可好。

出门打工的人越来越多，大舅也进过几次城，跟村里的人扛着条凳去了沈阳，在那个天寒地冻的城市走街串巷，戗菜刀磨剪子。

城里的一些中老年妇女人抠脾气暴，难免瞧不起这些衣袖油腻的老头。大舅就受不了气，嘴又笨，去了几次，就不再出门了。

大舅对我说：你说城里有什么好呢，想见一面都那么难，你都考学了，国家也分配，你咋不到村里当个老师呢？

我知道，他话里的另一层意思是，我父母和他谈起过我在合肥混得并不好，一开始的时候，租不起房子，都是睡办公室。儿走千里母担忧，老人们关心的是孩子的安危。

大舅的忍让和知礼，影响了他四个虎背熊腰的儿子。我四个表哥也都脾气温顺，话很少，在村里，没有惹过任何麻烦，这在农村是很少见的。虽然儿子们没有什么大的成就，但在村里，大舅是一个很受尊敬的人，屡被推举为村干部，却次次推让，他说，他不喜欢和别人红脸伤神，当干部难免要和别人争长短，不好。

大舅一生最大的遗憾是他不认识字。一个很奇怪的事实是，我外公却是一个教师，还教过私塾。不知道什么原因，外公不让他的孩子们上学。至今，也没有人说得清楚。

用我母亲的话说，我大舅在刚刚成年的时候，就担负起家庭的重任。连我母亲出嫁时候的嫁妆，都是我大舅一件件从集市上挑回家的。其时，他不过才 21 岁。父亲早逝，他过早地承担起照顾家庭的责任。

2005年的春天，大舅去世了。我得知消息的时候，他已经安葬一个多星期了。

后来，母亲对我说，大舅弥留之际，说到我的名字，他对我母亲说："我有两三年没见过他了，可长胖了？"

倔强的姐姐

中秋节前的一个晚上，姐姐打电话来，先怯怯地问爹妈身体怎么样，然后，东拉西扯一番说：“你们国庆节放假吗？”我一听，就知道她有事找我。顿了一下，她说：“那你能来老家吗？俺家羔子国庆节要结婚了。”

羔子是我姐姐的儿子，学名刘丰，今年虚20。这孩子的名字还是我起的，本来叫刘枫，姐姐说笔画太多了，难写，就给改成丰收的丰。

姐姐文化程度不高，小学毕业，她没有去上初中，是因为我。

姐姐大我六岁，自从开始学走路，我就一直不离她左右。有时她牵着我走，有时用一条背带把我背在背上。姐姐说，从小学一年级到四年级，在课堂上，我都和她坐一条板凳。上课的时候，她得左胳膊搂着我，用右胳膊写字翻书。我哭的时候，她就放下课本，把我背到校园里哄一哄，不哭了，两个人才能回到课堂。我困的时候，她会把我放到班主任办公室的床上，或者办公桌上。

姐姐经常说：“你小时候就是哭虫，一天到晚地哭，一听你哭，我烦都烦死了，哪还有心思上课。”

因为我，姐姐的功课并不好，中等偏下，到五年级的时候，她不愿意上了，她说作业做不完老师批评她，功课也跟不上，考试考不过人家，丢人。

父亲强烈反对姐姐辍学，单挑太阳最毒辣的中午，让13岁的她到田里劳动，但是，她宁愿晒死也不愿意再去课堂了。

姐姐说：“累死都种地，反正我又考不上中专。让弟弟和妹妹们上学吧。”后来，她才明白这句话的代价有多大。

但是，她从没有说过“后悔”二字。

从13岁开始，姐姐就下田干农活了，一直到她出嫁，她都是家里最主要的劳力。二十多年前，没有什么机械化的东西，田里的农活基本靠人畜，非常繁重。二十多亩田，两三个人忙，每天天一亮就要下田，傍晚，天黑到看不清路才能回家。几年下来，姐姐黑了，手糙得就像树皮，头发总是凌乱的，因为每天在田里干活，她也没心思打扮。所以，第一次去相亲的时候，她蓬头垢面的样子硬是把人家吓跑了。

事实上，姐姐长得非常漂亮，一米六五的个头，扎一根大辫子，在方圆几个村庄，都算是排得上号的美女。

从20岁开始相亲，22岁出嫁。姐姐相了十几次亲，有在食品站的营业员，也有中学教师，还有村长或副镇长家的儿子，总之大都是吃商品粮的，或者集镇上的。

父亲当时是一所小学的负责人，也是吃“商品粮”的人，自然要找个门当户对的。

可是倔强的姐姐不这么想，她想找一个自己满意的，无论他是穷是富。最后，姐姐选中的对象让父亲非常生气。那个后来成为我姐夫的人，除了个子长得高一些，一无所长，还是那个村子里最穷的一户，就因为连结婚的房子都盖不起，才拖成了大龄青年。为了挣钱盖房子，在订婚之后，姐夫还去山西黑煤窑背了一年的煤，拿命换了两千多块钱，回家自己砌窑烧砖，盖了三间瓦房。

姐姐嫁过去后，穷得揭不开锅，没有饭吃，她东借西借，就是不肯回娘家开口要。她要强得很，一天吃两顿饭，也不愿意承认饿。还是有一次，我去她家玩，才发现这个秘密。母亲哭了半夜，第二天，让我用架子车拉了两袋小麦送过去。

因为跟父亲赌气，姐姐半年没回过娘家。

姐姐看人很准，姐夫也是个非常要强的人，能吃苦，脑瓜活，借钱买了一辆拖拉机，帮水泥厂拉沙子，帮窑厂拉土，几年下来，攒了一两万元，然后，又用这些钱买了一辆旧卡车，开始跑长途货运。

姐姐不舍得雇押运工，长途跑车，她就和姐夫两个人一跑几千公里，不分黑白地跑，困了就在路边停车休息，醒了就跑车。两个人吃饭不准点，又黑又瘦，都得了胃病，病犯了，就自己胡乱吃一点药。

就凭着这种拼命的劲，姐姐很快就成了村里先富起来的一部分人，盖了小楼，买了各类家用电器。只是，她忙碌的过程中，放松了对儿子的管教，我外甥的学习成绩一落千丈，上到高中一年级，还是辍学了，和村里年轻人出去打工。

对儿子教育的失败，是姐姐最伤心的事，她说："从太爷爷开始，咱们家代代都出读书人和教师，我也指望儿子能读个大学啥的,完成我的心愿,谁知道他一点不争气。啥人啥命,我不逼他了。”

姐姐早年做生意,觉得只生一个孩子就行了,后来姐夫和别人合伙跑客运生意后,她就闲下来了。闲下来的时候,她非常想再要一个孩子,而且要是个女孩。

有一段时间,姐姐还跑到镇医院打听哪里有弃婴。2008年汶川地震的时候,电视新闻出现无家可归的女孩镜头的时候,她竟然收拾一个包裹,准备坐长途客车,去四川领养一个小女孩。

村里有人告诉她不符合领养条件,她说:“你看电视里,爹妈都死的小孩子咋办啊,我帮着养大了再给人家送回去也行啊,那也比没人管没人问强吧。”如果不是硬拦着,她真的就一个人去了汶川。

谁都没想到姐姐想要一个孩子的决心那么强,2010 年春节,姐姐以 40 多岁的高龄,又生了一个女儿,如愿以偿。

得知喜讯,我打电话给姐姐,调侃她:“老姐,你眼看都快做奶奶的人了,怎么又想起养孩子了,不累吗?”

姐姐说:“怎么不累呢,看着小娃一天天长大,我心里高兴,累一点也没什么的。”

作为一个农村妇女,姐姐的思想境界不高,大道理不太懂,她觉得付出总是会有回报,总会苦尽甜来。

她的人生信条就是,吃点苦才能过上好日子,上天不会总亏待一个人。

永远的妹妹

杏花是我最小的妹妹,1980 年出生。

杏花出生之前,我们家已经有 3 男 2 女了,她排行老六,娘给她起的乳名叫“杏花”。

因为杏花属于超生,大队罚了我们家 300 元钱,父亲被单位点名批评,降一级工资。

接着我们家的驴死了,鸡生瘟,庄稼又遭了灾,奶奶说杏花是个扫帚星,渐渐地连娘也这么认为。其实,奶奶一直偏爱男孩,我想,如果杏花是个男孩,大家可能就不这么认为了。

生了杏花之后,娘说,不生了,再生真养活不起了。奶奶说,闺女都是赔钱货,养那么多干吗。当然,她没有当着我娘的面说。

父亲在外地教书。家里的二三十亩责任田,全靠娘一个人忙活,娘一年到头在地里累死累活地干,还挣不够我们几张嘴吃的。我们家在村子里出了名的穷。为了缴各种罚款和提留款,我们家要经常借钱,后来,父母站到人家门前,都不好意思张嘴了。

穷人在村里总是不受待见的，谁见了都想躲，也容易受欺负。

由于穷，小孩子有个伤风感冒的也总是拖着，特别是杏花，身体弱，整天挂着两串黄鼻涕，脸上一副菜色。大人忙，没有人帮她梳头和编辫子，她稀稀的几根头发也乱得像丛草。左邻右舍的孩子常欺负我和杏花脏，我俩常在一群大孩子的追打声中，哭喊着，满田野里找娘。

二哥跟教书的父亲去了外地生活。大哥大姐忙着上学和帮娘干活，顾不上跟我和杏花游戏，只有我和杏花最亲。6 岁的我领着 1 岁多的杏花，到田埂间找蚂蚱，捉蝴蝶，捕蝉，给她折纸飞机，教她唱"月姥娘，八丈高，骑白马，挎洋刀"，杏花奶声奶气地唱儿歌，引得满田野的人都扭头看。有时我故意佯装快跑，让她急得在后面哭。我高兴时，既逗她哭，也逗她笑。

杏花一天天地长大，人也开始变得比以前干净，脸蛋虽黑，却有一双出奇清亮、人见人爱的大眼睛。娘给杏花喂饭时，总夸杏花越长越俊了。大姐有时抱着杏花，亲了又亲，搔她的胳肢窝，让她咯咯咯脆生生地笑个不停。虽然穷，但是我们兄弟姐妹却也处得非常开心。

夏天，娘带大哥大姐下地干活去了，家里只剩下我和杏花。她从早上开始发烧咳嗽，哭闹个不停，我和姥姥抱着她，怎么哄也哄不好。

姥姥摸摸杏花的头说，"发烧好高都烫人了，你去地里喊你娘回来吧。"

娘回到家，就飞快地去村里找村医，村医摸了下额头，试了一会热，就给杏花吊水。半瓶水还没吊完，杏花就不吵不闹了，脸色发黄,像睡着了一样,躺在娘的怀里。

医生一看,大叫起来,说,坏了,坏了,她昏过去了,找人赶紧送大医院吧。

有人骑车子去十几里外的学校通知我父亲,有人忙着把一只小床绑成担架,医生忙着给杏花吊水。

父亲风风火火赶回来,满村跑着去借钱,回来就和众人一起抬着小床往医院赶。

出村没有一里多地,到了蛤蟆桥。护送的村医用听诊器听了听杏花的胸口说,不用去了,小孩不行了,回去吧。

从村医的口气里,大家已经知道“回去吧”意味着什么。一直扶着小床的我和娘,哇一声就哭了起来。

孩子虽然多,但每一个都是爹娘的心头肉。娘坐在堂屋门口,怀里抱着戴红花布兜兜的杏花。

杏花紧闭双眼猫一样地蜷缩在娘的怀里,一动不动。我像半截树桩木木地站在一边,期望杏花一会儿就能睁开眼,欢蹦乱跳地站起来,甜甜地叫我:“三哥,三哥,背背,背背。”

娘从天黑哭到了天亮,直到嗓子哑到哭不出一点声音。父亲抱着头,坐在院子里的地上,不吃不喝,默默地流了一个晚上的泪。

奶奶把身体已经渐渐变凉的杏花从娘的怀里强夺过来,哭着给她穿上连夜新买的衣裳。奶奶哭肿了眼,抱着娘说,“这里里外外十几个,哪个都是我的孙啊,我哪一个不疼?你哭死她也听不见了,让孩子安心地走吧,她心狠不要你,你有什么办法?”

夭折的孩子不能放在家里,要早点埋葬。天亮后,叔叔和伯父过来，喊几个堂兄，去把裹在草席里的杏花埋到老坟地里。

她太小，也因为穷，没有给她买棺材，只能用小被子卷一下，找了席子裹一下。一个人抱着杏花，两个人扛着铁锹和锨，走出村庄，消失在我们的视线里。

奶奶在后面喊："挖深点呵，多埋点土。"堂兄们回头喊："知道了。"

娘扑跪在门口，哭得打滚，谁也劝不好。只好任由她嚎，两个女人拉着她的胳膊，防止她往墙上撞。

哭到天黑的时候，奶奶说，"她死了，你就不活了吗。你死了，你这几个孩子，谁能帮你领大，我都黄土埋一半的人了，你也不可怜可怜我？"

半个月的时间，娘都在眼泪里泡着，她躺在床上，不吃不喝，要被人按着，喂进去一些饭和水。她绝食，不想活了。

后来，她想通了，自己开始吃。但，谁也不理。一天到晚，埋头在地里干活，手里忙着活，眼里泪却像落了线的珠子一样流着。最后，终于忍不住了，就坐在地上大哭一场。

父亲把家里的绳子和农药都藏起来，怕娘寻死。父亲又让我一天到晚跟着娘，怕她去跳井或者跳塘。

那是我人生中最黑暗的日子，我一下子懂事了。6 岁的我，不撒娇，被安排烧锅提水喂猪放羊，再也不敢叫苦了。

春节，要去给逝去的老人上坟，我们有意绕开了杏花的小坟，不敢去看，也不去想。

一晃三四十年过去了，我们兄弟姐妹，都步入了中年和老年，都仿佛忘了我们曾有个叫杏花的妹妹。连娘也健忘到忘了杏花是哪一年死的地步。岁月是一把钝刀，能割掉爱，也能磨平伤痛。

在我的心里，我从来没有忘记她！我每每看到蹒跚学步的孩子，总情不自禁地想起杏花，想起那个头发乱得像草，长一双大眼睛的杏花；那个一生只活了一两个春秋的杏花。

棉 花 被

79 岁的岳母坐四个多小时的大巴，从乡下来合肥看望我们，带了 100 多个咸鸭蛋和土鸡蛋，小半袋杂粮，青菜，还有一条新棉花被。

这是她的习惯，从不空着手来。

我说："你都这么大年纪了，万一有个闪失，可怎么办？我怎么向其他兄弟姐妹交代？"

她说："种地的人，哪有那么娇贵，从家里弄到路边，就都放车上了，又不要自己扛。"

她又说："手拎不下了，给果然（我女儿乳名）打的新棉被都没带完，下次你开车回去，自己拉吧。"

从我女儿出生，她每年都做一条新棉被。现在我家储藏柜足足塞了十来条新棉被了。一条棉被用 6 到 10 斤棉花，她总说，厚棉被冬天盖着暖和，不冻人。

我结婚那年，老婆的嫁妆里，最显眼的就是九条锦缎面的新棉被。

为了这些新棉被，她种了近一亩棉花。

农村生活过的人都知道种棉花有多难多苦。

春末育秧，收了麦子后移栽到田里，一棵棵栽下去，从田头的水塘里，一桶水一桶水地拎上来，浇在苗上。遇到旱天，一桶水只够浇十来棵苗。

夏天，天越热，棉花田越需要人打理。每天都要冒着三四十度的高温，下到闷不透风的棉田里施肥，打枝子，打药，逮虫。

早上露水重，常常会湿一身，虫叮蚊咬，汗水淌下来，蜇得又痛又痒。

秋天了，棉花开了，一朵朵摘了，择净杂草和碎叶，用三轮车拉到集镇上脱棉籽，轧成皮棉，再去轧花店里轧花。

买来上好的锦缎被面，一针一线缝起，用旧被单包好捆起，放在柜子里。

等着放假我们去看望她时，她拎出来，高兴地说："今年又做了一条新被子，八斤的，走的时候带着吧。"

岳母干瘦干瘦的，近一米六的个头，一辈子体重没超过 80 斤，我不敢想象她怎么从池塘里拎水浇地，更不敢想象她大热天钻棉花垄里受的苦。

我说："城里都有空调，冬暖夏凉的，用不着这么厚的棉被，你甭忙活了，再说了，小孩子都盖太空被，又轻又暖和。"

岳母很固执，生气了，大声嚷嚷说："什么太空棉太空被的，那都是化纤，哪里有棉花的好，又没有化学药品。"

没办法，只好一次次把崭新的棉花被塞进后备箱，拉走。

前年，岳母做了胆囊摘除手术，人一下子又瘦了十来斤，走路都打晃，更是皮包骨了。我们劝她，就不要再种地了，包给村里其他人种吧。她不愿意，又栽芝麻，又种绿豆，最后又栽了几垄棉花。

她还要为外孙女再做一条棉花被。我们心疼她，执意不拿。

她说："你不拿，我自己坐车给你送过去。"

没想到去年暑假，我女儿生日时，她真的又连拎带扛弄来了。

我去合肥长途汽车站接她，她还挺得意，说："你看，你不拉，我不一样带来了？"

今年春天，岳母身体明显差了，好忘事，丢三落四。可她仍旧用不知从哪里弄的棉花，又做了一条棉被。

岳母说："我明年就80岁的人了，还能活几年？活一年，就想着给俺外孙女做个新被子，盖不完，等她嫁婆家了，也算个嫁妆。我不在了，她盖着我做的被子，也觉得亲啊。"

我的眼泪差点出来了，乖乖地把新棉花被装上车。

我说："说好了，这可是最后一条了，你不要再种棉花，再做新被子了。"

岳母说："想做也做不了啦，眼不行啦，几十米外的人脸都看不清了。饭量比去年小了一半，手也没啥力气。拎不动桶了。"

我默默地再次把第12条新棉花被塞进储藏柜，没有反驳岳母。

我知道，这些棉花被特别宝贵，超过家里的任何东西。

79 岁的岳母坐四个多小时的大巴，
从乡下来合肥看望我们，
带了 100 多个咸鸭蛋和土鸡蛋，
小半袋杂粮，
青菜，
还有一条新棉花被。
这是她的习惯，
从不空着手来。

姥　　姥

姥姥，在我们老家喊姥（当地读 lǎng）娘。

我出生的时候，姥姥已经六十多岁了，裹着小脚，拄着一个拐棍，说话轻声细语，但她话很少，很少笑，不轻易主动跟人打招呼，这在乡下，一般会说这个人眕（当地读 zhěn ）得很，大约的意思是，严肃，不合群。再加上她一年四季身着蓝色的手工老粗布衣服，更显得她孤僻，不平易近人。

姥姥有痨病，一天到晚不停地咳嗽，咳的时候，脸憋得通红。后来，在她去世之后，经常给她看病的村医说，姥姥得的不是肺病，应该是支气管炎。因为这个病，她五十多岁就拄上了拐棍，背弓着。

我的童年，就是在姥姥一声接一声的咳嗽声中度过的。

父亲在外地教书，母亲一个人拖着四个孩子生活，家里一二十亩田，都是她带着我大哥和大姐在种。

农忙时节，我大舅会带着姥姥到我们家来帮忙，姥姥一般会在我们家住上一两个月，她拄着拐棍到井台提水，在厨房里做饭，还得每隔几分钟，从厨房里伸出头，看看在院里爬上爬下的我和妹妹。

白天,母亲下地干农活了,姥姥在家一边看我和妹妹,一边干点缝缝补补的活。有时候,奶奶会过来陪她,两个老太太拉拉家常,只是,一般都是奶奶说话,姥姥负责听。时间长了,奶奶就不怎么爱和姥姥聊天了。当然,这是后来母亲告诉我的。

姥姥擅长织布,手极快,她一个晚上能在织布机上织出五六尺白棉布。那种白棉布,又叫老粗布,真正的棉花纺纱,纱线再在织布机上,一梭子一梭子织成布。这种布很厚,能穿很久,经常是老大穿了老二穿。

在白洋布、的确良和涤卡还没有流行的年代,家织老粗布是最常见的衣服面料。白色老粗布织好后,再染色,才算完成所有的工序。这也是姥姥总是一身粗布黑衣的原因。

天气好的时候,姥姥要洗好多衣服,她一件件洗干净,再拄着拐棍一件件费力地晾晒起来。因为哮喘,她经常要干一会活,坐下来休息一会,一阵猛烈的咳嗽之后,再大口大口地喘气。年幼的我不懂事,有时候还模仿姥姥咳嗽,姥姥也并不生气,有时候她把拐棍高高地抬起,佯装打我。

因为调皮,我惹事不少,有时候姥姥真的生气了,我一抬腿就跑了,姥姥拄着拐棍在后面,踉踉跄跄追。有一次,姥姥为了追我,不小心被砖块绊倒了,跌倒在地,半天没有起来,母亲回来后,用藤条狠狠地抽了我一顿。姥姥心疼我,拦着不让打,两个人为此又吵了一架。

虽然我每天都会惹姥姥生气,但是,她还是会把母亲给她做的白面馒头,偷偷地掰半块塞给我,把母亲藏在她碗底的荷包鸡蛋,偷偷地夹给我吃。

和姥姥一起吃饭，她的规矩多，比如吃饭不能吧唧嘴；大人不动筷子小孩子不能先吃；桌上的筷子要摆齐，而且不能直插到碗里，给大人端饭要双手递；听大人讲话，要站直要看着大人的眼睛。

虽然她自己见人不喜欢说话，但是她一直教导我们见了长辈要先打招呼。

我上小学了，父亲也从外地调回离家比较近的单位，姥姥在我们家帮忙的次数开始少起来，一年只会来住几天。

姥姥不识字，有时候也会捧着我的写字本，看上半天。姥姥说："你们兄弟几个，最数你调皮，好点子和孬点子最多，估计以后也就你能有点出息。"

因为贫穷，买不起贵重的好药，姥姥的病一直没有根治，她人生的最后几年，活得非常痛苦。随着病情的加重，她渐渐不能下地走路，很少走出家门，每天就在床上躺着，床上躺累了，就下来，在椅子上坐一会，坐累了，再回到床上躺着，床前床后都是她吐的痰。她觉得不好意思，就让我们端些土盖一下。

她怕她的病会传染给我们，从不让我们过于接近她。让我们坐在离她几米远的地方，远远地跟她说话。

在床上躺了几年之后，姥姥在我读五年级暑假的时候去世了。得到噩耗，母亲哭得天昏地暗，几天几夜不吃不喝，只是哭，一直到嗓子哑掉。

母亲说，姥姥一生很苦，我母亲17岁的时候，姥爷就得病去世了，后来的日子，都是姥姥一个人在撑。

20世纪50年代，她迈着小脚和男人一样下田干活，偷偷地在家里支了个织布机，没日没夜地替别人家织布，换些鸡蛋和粮食,把东西卖了,一分钱一分钱地存下来,还债。

也许因为吃了太多的苦,姥姥才变得沉默寡言,她的时间都用来干活做家务了,所以她很少有时间跟别人聊天闲扯。

姥姥生性特别爱干净,无论衣服有多少补丁,她总是收拾得干干净净,头发扎得一丝不乱。母亲说,姥姥出身富贵,姥姥的父亲是方圆十几个村庄有名的大地主,特别有钱。姥姥嫁给姥爷,是因为姥爷是方圆十几里有名的教书先生,因为爱慕有学问的姥爷,姥姥坚持非姥爷不嫁,为此,她的娘家人一直对她十分冷淡。

姥姥去世十多年后,母亲拿出姥姥留给她的金耳环、银手镯、银梳子和银簪子。那些雕花工艺十分精美的首饰,证明了姥姥年轻时生活应该非常富贵,但是,她却毅然选择了贫穷而且艰难的生活。

姥姥一生都生活在乡村,甚至连县城都没去过。她是普通的乡村老太太,对生活却有着超越常人的见解,她说,有学问的人大都明事理,懂得事情的轻重,有学问就会有自己的想法,不会轻易被别人使唤,才能活得像个人样。

中年早逝的叔叔

每次写逝去的亲人时，心里涌出的都是情不自禁的感伤。

我的亲戚里没有当官的，也没有发财的，都是乡村教师，或者种地的农民。谁想把日子过得体面一点，就要付出比别人更多的汗水和辛劳。

为了挣钱，亲戚们各地奔走，有进工厂站流水线的，也有在工地上当小工的，我妹妹一家在银川倒腾破烂，姐姐一家在金华跑货车。一年年，像候鸟一样，春节前返回，春节后又急急地离去。

大家在春节期间，吃一顿饭，互相聊聊彼此的工作和生活，也倒一倒心里的烦恼，谋一谋未来的希望。

年少时，我认为一个人只要勤劳肯干，就一定能过上好日子，也一定能有个好未来。但是一个人的死，改变了我的这种想法，他，就是我的叔叔。

叔叔行五，上面有三个哥哥，一个姐姐，属家中老小。四兄弟中，只有二大伯和我父亲上了师范，完成了学业，当了乡村教师。叔叔读到了小学二年级，便因家贫而辍学，他的少年时代只与一支牧羊的鞭子为伍，再长大，成为生产队里侍弄庄稼的好手。

成家后，弟兄们开始分门立户，每一家都是四五个孩子，贫富并不分明。

家庭联产承包责任制刚实施的那几年，年富力强、种庄稼好手的叔叔，浑身有用不完的劲，所以他家的日子要好过一些。

因为孩子小，叔叔没办法进城，他只有倍加努力地在庄稼地里下功夫，可是，付出的本钱越多，也赔得越多。

眼看出去打工的都一身光鲜地回来了，一直以为嫁给叔叔吃了一辈子亏的婶婶，常在院子里摔锅砸碗，骂叔叔没本事。

90 年代初，教师待遇提升，二伯和父亲的工资开始上涨，这引起婶婶的不快，她怪罪叔叔少年时承担了过多的劳动，而把读书的机会，让给了两个哥哥。

婶婶日日指桑骂槐，使兄弟间的关系也日益紧张。母亲好心去给叔叔家送些食品，没承想被婶婶给骂了出来，从此妯娌之间不咸不淡。

叔叔被婶婶在大庭广众之下斥来训去，是左邻右居们常见的场面。男人的面子大过天，尊严被损害，叔叔越来越沉默，成了一个只会低着头走路，一声不响干活的人，与少年时聪明伶俐的样子判若两人。

一次，叔叔下河捞虾子，看到了一条一丈多长的蛇。那一段时间叔叔就像丢了儿子的祥林嫂，见了村里的大人小孩，他都要拉着人家绘声绘色地说上一遍。人们以为他遇到了邪气，只是笑，并不答他的话。

穷人会看不起比自己穷的人。农村有句老话，越穷越酸，越富越煊，换另一句话就是，富在深山有远亲，穷在闹市无近邻。

堂兄考初中那年，要缴一两千块的学费，叔叔借了半个村子，才借了几百元。人家不愿意借给他，是怕他还不起。

父亲把我们家卖小牛的钱借给了叔叔，才凑够堂兄的学费。叔叔捧着钱连声道谢的样子让我心痛。

父亲动员叔叔贩青菜，一个集卖一百多斤菜，能赚一二十块。从此，叔叔每天就五点钟起床，骑自行车去三十多里地外买来菜，然后再骑十多里地到小集上去卖。每天叔叔出门时，窗外仍是一天的星，当人们开始起床做饭的时候，他已经贩菜回到了家。

匆忙吃几口饭后，叔叔又急急忙忙用自行车驮着菜，赶往另一个小集镇。

他的腰里常揣着几个凉馍，那是他一天的干粮。手里渐渐有了几个钱，叔叔也开始慢慢拾起他丢失多年的自尊。婶婶对他的态度，因为他挣钱的多寡，时好时坏。

因为常年的劳累和吃凉馍，叔叔常常说胃痛。终于有一天，他痛得昏死过去。去了医院，医生摇头叹息，说是贲门癌。

一开始，大家并不知道这个病的厉害，但是，癌的严重性大家都知道。如果没有钱，就等于宣判了死期。

叔叔说，拿点药回去吧。虽然胃疼，但是，他一顿饭还能吃两个馒头加两碗面条，他觉得硬挺一下，就能过去。

他照样起早贪黑去贩菜，一天为了挣几十块钱，顾不了自己的身体。

父亲劝他要停下来治病。叔叔说，如果能治好，也不耽误干活，如果治不好，又耽误干活更不划算，你看我天天活蹦乱跳的，在床上躺不住啊。

直到有一天，叔叔再次晕倒在街头，他才认真地关心起自己的身体。当众人把叔叔搀回家的时候，却看见婶婶在床上躺着，没做饭，也没做家务。这个场面是掷向叔叔的最后一剑，一向逆来顺受的叔叔挥手打了婶婶一巴掌。这一巴掌里含着恨，含着无尽的失望与心凉。

病入膏肓的叔叔没能度过那个冬天，仅仅几个月，一个壮汉，就瘦成了一个人形的骷髅。这一年，他才 41 岁。

作为一个普普通通的农民，叔叔的一生，没什么可圈可点的，和他一样活着的人，在乡下还有千千万万，只是，他不够幸运，没有活到儿孙满堂的年纪。这在乡下，是凄苦的命。

如果叔叔活到今天，他应该 70 岁了，作为一个乡下农民，如果他够灵活，会在贩卖青菜时，积攒下钱财，做更大的生意。或者跟着乡邻进城卖煤球进工厂，也或者在建筑工地上当小工，总之，他仍然要靠出卖体力生活，然后靠血汗钱盖起二层小楼，给两个儿子成家立业。然后呢？

后来的故事是这样的，叔叔去世后，他的两个儿子，辍学务农，后来进城打工，因为很聪明，堂弟还当上了小包工头，挣了不少钱，在同龄人里，算是村里比较富有的。

这样的结局，似乎可以让九泉之下的叔叔安息了。

我时常想起叔叔踩自行车贩菜的样子。冬天，他四点多就起床，打着手电筒，踩着自行车上路，天亮归来，眉毛和胡子上沾着冰霜，手冻裂出口子，脸上是刀刻般的皱纹，因为不喜欢笑，眉间的川字，总是紧锁。

中午,卖菜归来的叔叔,坐在院子里,一毛一块地数着一天的收获。他把钱用皮筋小心地捆好,揣进口袋里,匆忙嚼几口馒头,收拾一下,又准备下地做农活了。

四　爷

我爷爷亲兄弟五人，四爷行四，我爷爷最小，按年纪，两人应该相差三四岁。

我曾祖父是个私塾先生，在村里算是有些威望的文化人。但是，他好像除了教书，还喜欢弄一些算命看风水的书，前些年搬家，我翻出几本有些年份的书，一本是石印的《玉匣记》，一本是手抄本的《海底眼》，书上圈圈点点，还有红笔批注。父亲告诉我说这两本书上的小楷字和旁边的批注，都是我曾祖父的笔迹。后来，这两本书被一个亲戚索去了，没了影踪。

除此之外，曾祖父也没有留下其他有分量的文章。我奶奶活着的时候说过他，只一句评语："就是个教书的。"

我奶奶说，曾祖父给五个儿子的人生，都做了细致的安排，只给老大和老小读书，其他三个儿子，都安排种地。所以，四爷是斗大的字不识半筐的文盲。不识字，几乎影响了他一生的发展。

四爷出生在1906年左右，我出生的时候，他已经是古稀老人了，他个子很矮，驼背，但声音很洪亮，他和其他老人不太一样的是，唇上留着整齐的白色山羊胡，上唇的两撇胡子很长，和下巴的胡子连在一起，再加上花白的眉毛，有点像电视剧里的神仙。

四爷的头发很少，梳得整齐，穿的衣服很旧，一件蓝色中山装洗得发白，但是一直很干净。他走路总是背着手，坐有坐相，站有站相，人前不抖脚，不跷二郎腿。

我家和四爷家都是土房子，中间隔了几十米远，我开始记事的时候，四奶奶已经去世，四爷一人独居，他总是起得很早，把土房子和院子都打扫得很干净，然后坐在门槛上抽烟袋，眼睛盯着正前方看，很入神的样子。看到有人路过，无论大人孩子，他都大声地打招呼："吃了吗？"

四爷家的房子，靠近村里的沟，沟边栽了很多脸盆粗的大柳树，枝繁叶茂，夏天，绿阴如盖，是乘凉的好去处。

我喜欢到四爷家的柳树下玩，四爷的儿子壮年早逝，他的两个孙子，都生活在芜湖，只有在过春节的时候才回来一趟。

四爷的两个孙子也想把他接走，为他养老，但是倔强的四爷一直不同意，他宁愿一个人住在那几间土房子里，独自生活。

四爷很喜欢我这个体弱多病，话不多的孩子。每次到他家玩，他都会从铁罐子，或者抽屉里，找出一些糖果或者饼干，这些在大多数村里人还吃不太饱的年代，都是极其罕见的美食。

四爷喜欢和我聊天，虽然他也知道和一个六七岁的孩子聊不出来什么。大多数时候，都是他在说，我心不在焉地听。

四爷 16 岁的时候就定了亲，四奶奶比他大四岁。在他 17 岁那年，家里人逼着他结婚，他不愿意，结婚前几天，偷偷地逃跑了，到冯玉祥的部队当了一个小兵。几年后，他毫发无损地回来了,村里人都很吃惊。

当兵打仗是四爷一生最闪耀的时候,他说,跟他去的很多人大都打死了,他活下来了。而且,如果他识字的话,百分百能在部队混个一官半职。

躲过了初一,躲不过十五,让四爷没想到的是,新娘还在等他。没办法,只好奉父母之命结婚生子。

可能是喜欢战场上硝烟弥漫的感觉,结婚几年后,四爷又抛妻弃子,偷跑出去参军了。至于是被抓了壮丁,还是自己主动去参军的,他没说,也没有人知道。反正,之后他再次神奇地回来了。

四爷参加的是革命队伍,还是国民党的队伍,我也没细问,后来他家门板上挂了块“光荣之家”的牌子,逢年过节村里还送他一张慰问挂历或者年画,我才知道他参加的是革命队伍,他也一直不说参加的是什么部队。总之,他喜欢当兵,喜欢部队,喜欢打仗。他经常说的故事就是,有一次一发炮弹炸过来,炸的就剩下他一个人,炮弹只伤了他的小腿。他说,他能活下来,是因为他个头矮,身上还临时替厨师背着烧饭用的大铁锅。

我读小学的时候,八十多岁的四爷行动开始不便,他不能提水,也不能种地了,天天背着手在村里走走转转,手里拣些烧锅用的柴火。

我每天放学,都会路过四爷家门口,他只要看到我,都会喊我的小名,和之前不一样,他开始称我为“小先生”。

村里一向敬重有学问的人,对医生和教师,都称“先生”。我父亲是村小学教师,村里老少爷们习惯称他“坤先生”。

四爷喊我“小先生”,是戏称,也含有鼓励的意思。

我12岁那年，到镇上读初中，成绩很棒，曾经全年级第一名。四爷挂念我，偶尔从我母亲那里打听我的学习和生活，说一些勉励的话。

母亲知道四爷一个人过日子寡淡，包饺子或者春节炸了馓子、绿豆丸子，都用盆子装了，用笼布盖着，让我给四爷送去。四爷也绝不会让我空着手回来，糖果和饼干，总是塞满了我的口袋。每次一说给四爷送东西，我和妹妹都要抢着去。

初二暑假，我放假回到家，才知道四爷一个月前得重病去世了。他是在我一个姑姑家去世的，按家乡的规矩，他只能回到村里出殡。

出殡的时候，四爷的两个孙子，也都带着重孙子回来了，他们匆匆忙忙安葬了四爷，又回城市了，自此，他们很少回来了。

有个性的四爷不愿意归葬祖坟，也不愿意和四奶奶埋在一起，他一个人被埋在了村北沟的土岗上。几年后，我的叔叔因病去世后，他选择和四爷埋在一起。父亲说，叔叔生前很敬佩四爷，想跟他埋在一起，可能有要陪伴他的意思。我叔叔生前，替四爷种地，为他挑水，照顾他起居，他们俩的感情堪比父子。

四爷去世后，他的老房子上了一把锁，一年，两年，三年，四年，锁都生锈了，也没有人打开过。再后来，四爷的儿媳妇回来一趟，把那几间房子以很便宜的价格卖掉了。

我有时候路过四爷家的房子，总会呆呆地看上好大一会，想以前他活着的时候，给我讲打仗的故事，捋起裤腿，给我看他腿上的伤疤，他摸着我的头，说："你娘说你学习很用功，一定要考个秀才才好，要在以前，你说不定能中个举人。"

我说："四爷，现在都叫大学生了，不叫秀才。"四爷说："大学生和秀才都一样，都是有学问的人，比当兵打仗强。”

四爷还说：“你不如你二哥壮，他能当个好兵，你是个病秧子，只能当当秀才。”后来，我二哥果真从军了。他看人还真准。

一晃，快40年了，村里早已不是原来的模样，原来四爷房子的位置，拆迁后，土地推平，种上庄稼。那些往日的片段，也随之无影无踪。

我的脑海里，留着山羊胡的四爷却一直清晰，他背着手，踱着小步，笑眯眯地说：“小先生又放假了，来家里坐一会呗，要不要我再给你讲个故事？”

我有时候路过四爷家的房子，
总会呆呆地看上好大一会，
想以前他活着的时候，
给我讲打仗的故事，
捋起裤腿，
给我看他腿上的伤疤。

奶奶的老屋

老屋泥顶草墙，只有两间，里面住着奶奶。

奶奶从民国新婚，一直到去世，都住在里面。60多年，每日庭扫除尘，竟把屋内的地扫凹了许多，比门槛外低二尺。进屋就像今天城里人进地下室。

儿时，我在这道门槛上，摔过很多跤，每次奶奶都颠着小脚奔过来，很生气的样子，拍打门槛几下，以示对它的惩罚。

奶奶自己在门槛前也跌过不少跤，她倒不生气，只是怪自己一年年变老，不中用了。

我渐渐懂事的时候，日子正一天天变好，大伯和父亲商量着为奶奶新盖一间瓦房。新房盖好了奶奶却不愿意去住，说瓦房墙薄，关不住人气，还是老屋好，墙厚顶厚，冬暖夏凉。

所有人都知道这是奶奶不想离开老屋的托词。劝不动，只好作罢。

奶奶说老屋里有她的魂，从18岁坐花轿进于家的门，六十多年没离开这屋子。其实，奶奶住在老屋里，绝大部分是因为老屋里有爷爷用过的东西，留存着她最初的记忆。

奶奶不识字，一生都以嫁了个先生为荣。爷爷死后的几十年，人前人后，她还要和别人提起爷爷写字念书的动作。

1989 年，奶奶被门槛绊了一跤，摔断了腿，没想到从此没有再站起来。80 多岁的人了，骨头很难长好的。在床上躺久了，病上加病，没想到一躺就是三年。

三年里，奶奶躺在一张床上，轮流在大伯、叔叔和我家生活。三家人轮流伺候她吃药吃饭打针。住在瓦房的日子，奶奶总惦记着老屋，惦记着屋是否漏雨，老屋的书箱里是否进了老鼠，墙上的缝是否进风，窗户里是否还能钻进别家的野猫。她人住在新房里，魂还留在老屋里，拗不过她时，就要把她抬回老屋住一两个晚上。

回到老屋，她精神特别好，让人拿东拿西，指挥着我们帮她晒这晒那。谁都知道那些陈年的衣服不会有人穿了，揭不开的旧书，也不会有人看，可还是要按奶奶的吩咐，把它们拿到太阳底下晒。

把奶奶从老屋里抬走时，她总是很生气。找理由发脾气，甚至绝食。可是三家人都离她的老屋太远，而且屋里又太挤，放不下第二张床，人多了连转身都困难，所以，没有人听她的话，把她一个人留在老屋里。

奶奶痛苦地在床上躺了三个春秋之后，逝去了。走的那天晚上，她吃了不少饭，有说有笑。傍晚的时候，还让我回了趟老屋，帮她拿回扎头发用的簪子。簪子是银制的，是她当新娘时的陪嫁。

医生说，如果奶奶能住在老屋里治病，至少能再多活半年。大伯和父亲都很后悔，可是人都入土为安了，后悔有什么用。

送走了奶奶，三家人把奶奶留下的东西分了分，送人的送人，能用的拿回去用，用不着、过时的东西就扔了，最后旧家具都作柴火烧了。奶奶最看重的一箱书，被一个会看风水的旁亲索去了。现在想想，那箱书至少有一部分可以称作古董。

没有了家具、书箱和锅灶的老屋，空荡荡的，像一个遭受遗弃的老人。空得让人心紧。我每次从城里回老家的时候，总情不自禁地打开老屋的门，一个人站在空空的屋里，想我牙牙学语的时候，奶奶颠着小脚，驼着我，在老屋门前的月光下，一遍又一遍地教我背儿歌"关老爷耍大刀"。看见黑黑的灶膛，我想起奶奶从锅里拿出好吃的饼子，笑呵呵地，一口一口细细地嚼碎了喂我。想着想着，两行泪就在不知不觉中流下来，伤心地掩门而去。虽然屋里已经没有任何需要防备和值钱的东西，我每次还是认真地给门上锁，把钥匙紧紧地握在手里。

不住人的屋毁得最快。一年后，老屋开始漏雨，大伯和父亲找来泥瓦匠，重新给老屋换了顶。堂兄和叔叔都建议把老屋拆了，父亲不同意，他说，没了这间屋，这片宅基地就没有了。父亲也常常一个人在老屋门前发呆，也许他也想起了他儿时在老屋门前游戏的时代。

奶奶没了，老屋就是奶奶留在这世上最真实的东西了。我想父亲迟迟不愿拆老屋，可能和我心里想的差不多。毕竟，老屋是奶奶的老屋。它成了我们怀念奶奶的标志物，成了我们打开回忆闸门的缺口。

老屋在一个淫雨连绵的夏天倒掉了一面墙，整个屋顶都掉了下来，已经没有修缮的可能。

老屋消失了，它的原址上，长满了草，一人多高。

敬神与祭灶

过年，普天同庆的日子，一定要敬神。

我们家敬神的仪式，一般由父亲完成。

净手、净碗，盛一碗肉或饺子，神情庄重地走到院子里，站在厨房门口偏左的位置，念念有词。

年年说的就那么几句话："老天爷，老地爷，过年做的菜请你先尝尝；俺爷俺奶俺爹俺娘，过年了，都来家里看看吧，过年做的饭菜都尝尝吧；各路神灵，敬到的没敬到的，过年做的菜都来尝尝吧。"

这段话，如果用地道的淮北方言读出来，有一种很悠远的古老韵味。农耕传统深远的淮北，保留着平原生活的粗犷和放达，依稀有古风。

敬神时，身体立直，神情庄重，不能笑。如果小孩子在旁边捣乱，会被看作对神不敬重。倘若故意捣乱，等敬完神，是一定要挨训挨打的。

父亲在"各路神灵"之后，还要加上"俺爷俺奶俺爹俺娘"等一系列逝去的亲人，这个叫法，和村里其他人有所不同，也许是他的独创。逝去的人，灵魂都在天上，他们已成了位列仙班的神仙。

父亲仰天而望的姿势，有一些虔诚，有一些伤悲。他的眼里似乎真的可以看到那些逝去的祖先。这种感觉，在我人到中年之后，才深刻地体会到。爱不可捉摸，只要心里有，眼里就有，想瞒也瞒不住。

在乡间游荡的岁月，每每看到那些白发缺齿、腰背佝偻的老人，我总是情不自禁地想起我的奶奶。

十几年了，她埋在我们村西边的田地里。想起她，我总想起她生前的音容笑貌：挽成一团的白发盘在脑后，拄着拐棍，戳地有声，迈着小脚，走到我面前，笑眯眯地说："你又捣蛋了吧，你大打你了没？"

我愿意相信天上有神仙，奶奶也生活在天上，她拄着拐棍行走在我不知道的世界里，笑容可掬，慢声细语。

奶奶刚去世那年，父亲敬神时，刚说到"俺爹俺娘"四个字时，眼泪唰一下子下来了，哽咽着，呆呆地站着，半天继续不下去。

"俺娘"这两个字像刺，扎住了他的心，疼到不能自已。

敬神用过的鸡鱼，放在灶台上，直到冷掉，是不能动筷子的。等神灵享受过，再倒进锅里，热一下，我们才能大快朵颐。

也可能在大喜的日子里，孩子哭天喊地的不吉利，也或者孩子爱哭，眼浅，流泪弄呲了脸，看着难看。因此在过年时，老家有个不成文的规矩：从年初一到年初五，大人是不能轻易打小孩子的，所以这几天小孩子们可以很放肆。

我少年时很顽皮，趁这几天，故意说几句不吉祥的话，惹母亲生气，报复似的看着她举起手又放下来。母亲气急了，就说：“过完年和你算账，打断你的腿。”

过完年，我就背着书包，揣着一肚子油水去上学了。她都舍不得我离家门呢，怎么会再跟我算账呢。

母亲是那种心善口拙的人，一生默默地相夫教子，任劳任怨，话从不多说一句。

母亲在老年之后，成了基督徒。她相信神可以减轻身上的病痛。只是，她信的神和父亲信的神不一样。

父亲信奉的神，比较凌乱，包括“老天爷”“老地爷”“灶王爷”和“财神爷”，也包括那些逝去的先人。

“财神爷”在堂屋里，“灶王爷”在灶台，在乡村间一些略有美术功底的农民手里，这些神仙或双目如铃，或慈眉顺眼，在不同色彩的木版画上，神形多变。

因各家美术功底不同，印刷出来的版画品质也各不相同，有的比例严重失调，有着强烈的艺术效果。财神爷也随着时代不同而变化，以前是骑着仙鹤或神鹿，现在，这些神有的坐上了轿车，有的骑上了摩托，真是与时俱进，但身上的衣饰和面容一直没变，像极了戏剧舞台上的关公或者玉皇大帝。

和敬神相当的仪式是祭灶，祭灶前也是要净手净面，焚香插于香炉前，烧纸钱。一般在灶前，端端正正放好香炉，烧一刀纸钱，然后磕三个头。

家中三神福禄寿，灶王爷是管家里钱财的，所以各家都很看重。家中还要敬“太君”和先祖，因为没有祠堂，只能对着家里的八仙桌敬酒上香磕头。有时候，还写一张“供奉太君之神位”，“太君”可能是“太上老君”的简称，因为老子就是我们远古的乡亲嘛。

如果供奉的真的是太上老君,这个传统风俗的来历就可以上溯一两千年了。

现在敬神祭灶都是上了年纪的老人们的事,年轻的一代,能把过年的忌讳说清楚的都没有几个了。少了仪式的春节,越来越随便,古之礼制也就荡然无存了。

人,有时候还是要有一些敬畏之心的,对神对人,这都很重要。

亲爱的树

所有植物中，我对树的喜爱，一度胜过花草和庄稼。

对树的好感，像一场旷日持久的恋爱，从相识，到了解，再到深爱。

以前，我家住在村子的中央，房屋东边有一条几米宽的小河沟。夏天，历经几场暴雨之后，小河沟里会贮满水，有水就有鱼，阴天，沟两边坐满钓鱼的人。其他季节，小河沟会露出浅浅的沟底。

河沟两岸长满柳树，粗的两三人环抱，细的一人环抱，有的树据说活了七八十年。

两岸的柳树隔着小河沟枝叶相连，像在水面上搭了个弓形的篷。柳芽抽绿的日子，枝条垂下很长，拂动着沟里的水，漾起一圈圈的纹。水里的鱼会露出头，吃柳树的穗子。

最粗的一棵柳树长在四爷家的门前，这棵树的主干不高，在一人多高的地方发了三股杈，三枝杈之间大到可以放一张小饭桌，坐三四个人。树大空心，树身上有大大小小的洞与疤痕，像一只只脚蹬子。在我们的眼里，这棵柳树是其他柳树的爷爷,而那些粗细不等的树,是它的子子孙孙。

知了声声的日子,酷暑难当,两排大柳树下,是天然的纳凉场所,苇席上躺卧着裸胸赤膊的男女,摇着扇子,聊着天。及至晚饭人稀之后,脱得赤光,跳到水深的地方,洗一下冷水澡,除去一天的疲惫,惬意得很。

春天,最早发芽的就是柳树,接着是桃花、蚕豆花和梨花,当桃花开到怒放的时候,会有成阵的蜜蜂整天绕在院子里,嗡嗡嗡地叫,放蜂人就住在村南头的油菜田边。

那些蜂子是一个北方人养的,他是蜜蜂们的娘。他每年都来,吃住在村头废弃的茅庵棚子里,见了人就笑笑,也不说话。

黄土坯的墙,树枝丫儿做的篱,红的桃花,绿的树,随便地涂抹在村庄的每个角落,让人觉得很喜气。

村边的菜地和麦田,渐渐由浅绿变成深绿墨绿,一种叫猪耳朵菜的长势最嚣张,简直要盖严一垄地。

成群的麻鸭在房前屋后边走边叫,声音洪亮,而那些毛茸茸叽叽叫的小鸡,像线球一样在院子里的树阴下滚来滚去。

桃花落后梨花开,梨花开花一片白,村里的梨树少,就成了很稀罕的景观。那时候没有相机,小孩子就天天跑过去看。

所有树的叶子都像被压缩一冬的海绵,在一场淋漓的春雨之后,腾地一下全部展开,几天之后,每一棵树下就有了大大小小的树阴。虽然每种树都在争先恐后,但是杨树的叶子还是跑到了最前头,所以,杨树的叶子总是被人用棍子打下来喂羊。及至夏天,杨树会生一种叫苍虫的虫子,又可以捉下来喂鸡鸭。

杨树叶子长起来的时候,泡桐也就开花了。泡桐的花有些像牵牛花,粉里带白,花的托像一个小帽子,很多女孩把这些花托用线串起来，套在脖子上，像一个项链。

又过些日子，盛夏像一粒虫子慢慢地爬出来，人的背上也开始痒痒的。身体出汗的次数多了，夏天就真的到了，这时候很多树都长出了可以吃的果子与花。

春吃榆钱，夏吃槐花，白色的洋槐花是不可多得的美味。乡下人有蒸槐花的习惯，洋槐花炒鸡蛋好吃到让舌头打卷，这也是母亲最拿手的一道菜。

吃不完的新鲜洋槐花，洗净，焯水，在太阳下晒干，用笆斗装起来，可以从夏天吃到秋天。来客人，把干槐花用水泡一下，那些白色的小花朵，在清水中慢慢展开，滤干，仍然有夏天的清香。一种花，就这样把它的气味，从夏天保留到了秋天，甚至冬天。

各类的花都吃完了，就该吃果子了，玛瑙似的樱桃，紫红的桑葚，红面孔的桃子。麦子低头杏子黄，比较懒的果树结的果子，一直可以吃到初秋。

秋天，石榴和枣子熟了，有人拿起长长的竹竿噼里啪啦地打枣。孩子们顶着被枣子砸中脑袋的危险，抱着头，一边捡枣一边忙不迭把自己的小嘴塞得满满的。

家种十株树，可抵一亩田，树也是果腹的粮食来源，所以乡村人对果树都怀着很深的情感。在田里拾到桃核和杏核，都会小心的包裹起来，埋进菜园，希望在来年的春天，看到一棵挺立的果树嫩苗。

有的树用来遮阴，有的树用来看花，有的树用来食果，也有的树可以用来保护家园。

村里最大最高的一棵树长在一块叫牛梭拐的地方。那是一棵钻天杨,树身很粗,要三个人环抱。因为长在村子的最南边,很像一艘大船的桅杆。

这棵树在抗日战争时期,挡住了一发射往村子里的炮弹。

据说,当年彭雪枫将军带领的涡北抗日战士,就曾驻扎在这棵大树下,茂密的树枝,是瞭望战士最好的藏身之所。

当年,敌人的一发迫击炮弹打了过来,正好打中了大杨树的树身,万幸的是,那是一颗哑弹。从此这棵树被人们看作福祉的象征。

而在"土改"的时候,一架前来"画"地图的三叉戟,几乎是擦着大杨树的树梢飞过去。有人说是树神保佑,那架飞机才没落下来。这棵树的传奇色彩便又添了三分。

赶集的日子,三四里外就看得见这棵大杨树,因为它太高大了。我后来进城读书,每次回家,都习惯性地把这棵树当作村子的标志,树看得清了,家就近了。

一年的暑假,我在公共汽车里,抬头发现那棵大杨树的位置空了出来。缺少了那棵树的点缀,我觉得村庄都变得陌生了,一个暑假,心里都空荡荡的。

后来,村里来了不少南方的木材贩子,什么树都收。于是,村子里长得碗口粗的树,都成了收购的目标。一个月的时间,村前村后,都是哧哧哧咔咔咔的锯树声和树被放倒的声音。拉树的卡车一辆接一辆,把那些土生土长的树,拉往不知何处的工厂。

一棵棵大树倒下了,在它们曾经站立的地方,就留下一个个大坑和一个个巨大的空白。看到自己熟悉的树被砍倒肢解,截成一段段的,我总是闷闷不乐。可是,大人们哪里会在意一个少年的心思呢?

于从勤家的门前有一棵老皂角树，树粗到要三个大人环抱，每年这棵大树都会结出梳子一样大小的皂角，孩子们爬上树枝，摘下皂角，用砖块砸开皂荚，取出里面的果子，当石子玩。没有洋胰子之前，大人们用皂荚子洗衣或洗头发。

杨树和泡桐成材最快，也容易卖钱，渐渐地，村里很多人家就把院落里开花结果的大树，都换成了可以换钱的杨树、楝树和泡桐。虽然这些树也会在夏天长出伞一样的绿阴，也会有花朵。可是，我还是怀念村里杂树丛生的模样，那才是真正的热闹。

因为怀念枝节扭曲、千姿百态的杂树，我对树干笔直的杨树和泡桐也渐渐没有了好感，心底里认为是它们抢夺了其他树木的生长空间。

现在，村里每年夏天，杨絮满天飞，糊住口鼻眼，成了一种灾难。

树，真不应该只被用来换钱。每种树不同的气味与花香，都是自然的恩赐，哪一棵不是千金难寻呢？

百年老树可成精，往年，村里的老人会在老树下面求子孙，为树披红挂彩，焚香上供。老树，有了一丝丝的神秘感，就会被尊重，不会被砍。

出门旅游，一些景点会有几棵挂着牌牌的古树，有的声称千年，有的声称百年。看到它们，我也总会情不自禁想起我们村里的老树，树的尊严，和人一样，也是靠岁月熬出来的。

以后，也许还会有杂花生树、百鸟齐鸣的日子吧。

春吃榆钱，
夏吃槐花，
白色的洋槐花，
是不可多得的美味。

水　　土

亳，很多人都容易念成“毫”。

这个字就像“邯郸”“盱眙”一样，现在，它只代表一个古老的地名。几千年的历史，都浓缩在这一个汉字上。

最早知道亳州的时候，在行政区划上我们还属于阜阳地区。亳州好像被习惯称作亳县。亳县最出名的是曹操和药材。感觉那是一个离我们很远的城市，散发着麝香的气味。

关于亳州的消息都来自药贩子，每年春夏时节，有药贩子满村收白芍、桔梗和小红花。小红花的药名我不知道，我只知道它开花的时候满地通红，像一块红色毛毯。很多手贼的孩子会摘了插在头上，或者编一个红色的花环套头上。草药的价格一直很低，种药的人家越来越少，说“给俺碗匪（水）喝喝”的药贩子也没有了。

亳州和我老家的关系被一条涡河联系着。这条宽不足百米的小河，诞生了老子和庄子，也诞生了曹操、华佗、张良、许褚、嵇康和张乐行等人物。有文有武，但自三国以后行伍出身能征善战的武将多于文人。这是一片躁动的土地，千里沃野，基本上每片土地上都打过仗，都死过人。战争改变人性，老百姓为了保护自己的财产，多喜子女习武，所以花木兰从军的传说并非虚构。百姓崇武的风气，现在仍然兴盛。

涡河向南百里，颍水和茨河岸边，还出了管仲、甘罗和吕蒙。如果再向西走，就是河南境内的鹿邑，向西北走是商丘。鹿邑和商丘，在中国古代史上也曾经是声名显赫的地方。商丘离我们实在太近，每天收音机和电视里，看的都是河南台，听的是河南戏。行政区划，改变不了地缘文化，骨子里还是故乡人。

亳州水硬，所有喝过这个地方水的人，都知道这里的水碱性极大，从地下抽出的地下水直接煮开的话，锅底会有一层白色的茶垢，水的味道有些咸咸的。水是什么时候变得有碱性，还是自古如此，没有文字可寻。我只知道很多村庄都有一块田的名字与碱有关，有的叫"下碱地"或"上碱地"，有的叫"白碱地"。

水里的矿物质，会不会改变人体内的结构，我不知道，反正这里的人脾气不太好，都刚直而暴烈，侠义有余而优柔不足，讲话粗声大气，爱，可以两肋插刀，恨，可以杀人不眨眼。历史上，有很多次农民起义，都在这里揭竿而起。

这里夏天西南风、冬天西北风居多，东南风多雨，东北风降温。夏初，麦子初黄，连续几天的西南风之后，麦子就会变得干燥而充盈。而冬天，只要连续两天东北风之后，树叶就会尽落，掩映于树木丛中的村庄就会换个模样。四季也还算分明，虽然冬天的雪少了，夏天更热了，但是仍然一季一个风光。

后来看到一本关于古琴的书，蔡邕使用的"柯亭笛"和"焦尾琴"，其中那把"焦尾琴"，据说便取材于亳。古琴的用材桐木,就是指产于涡河两岸木材轻而坚韧的泡桐树。丝弦琴里面的筝、琵琶、古琴所用的面板,应该都是泡桐木。亳州泡桐和徽墨一样,是安徽特产。橘生淮南淮北的典故,也许是地理最好的诠释。

我相信地球上的经度和纬度,因为光照的不同,所产生的物种是很特别的,就像这里很少有常绿阔叶林,虽是南北过渡地带,这里已在秦岭淮河以北,地理上已经把这里划为北方。这里的人到南方去,会被称作"侉子"。

这里的土是黑土,介于黑与灰之间,土壤的渗水性很强,所以不适合栽稻,在"农业学大寨"的年代,很多农田被改成稻田,但是,无一例外地失败了。河里的水抽到田里,过半个月,就都又渗回去了。这里以面食为主,大馍稀饭加面条,是很多家庭一日三餐的主食。不知道为什么,这里的人特别喜欢狗肉,甚至觉得那是人间最好的美味。这让人觉得,多了粗俗而少了高雅。狗肉是很市井的食品,很多喜欢啃狗肉大碗喝酒的汉子,在古典小说里,都被描绘成了粗鲁的人物,难道这也是亳州的传统?

金木水火土,这五种元素组成了世界,也编织了秘密的基因,输入到人类的血液里。一方水土养一方人,中药与烈酒是亳州的主要元素,我宁愿相信这个古老的传统和这方水土有关,而不仅仅是因为经济。破解亳州的秘密,可能还要先看看这里的水土与人物。

水与土,这两种最普通最常见的物质,也许恰恰是决定我们命运的东西,像神灵一样的可尊可贵。

烙馍和干馍

烙馍，在山东大约叫煎饼。

不知道有没有人细心统计过，烙馍到底有多少种做法。但是，用火烤，肯定是相似的。

皖北关于面食的做法，至少有几十种吧，烙馍和干馍是其中相当常见的。做干馍需要一个像锣或者龟壳一样的工具——鏊子。虽然没有经过科学的考证，我相信这种三足鼎立的炊具，和博物馆里那些陶制的鼎、鬲、甑、甗、釜、鬶、斝之类的可能是同年代的近亲。这种便携又便操作的炊具生产的美食就是烙馍和干馍。

中秋节吃烙馍、干馍和糖饼的传统，在大于村一直保持到现在，事实上，烙馍和干馍又是两个概念，干馍和糖饼又是两回事。我慢慢细说，看大家的舌尖能不能飞舞。

二三十年前，只有在过节，或者家里来了重要客人的时候，家里才会隆重地杀鸡宰鱼。《木兰诗》里说的磨刀霍霍向猪羊，一般发生在封建社会的富裕家庭。"文革"之后的十几年时间，特别是计划经济时期，买东西要凭票证的时候，中国城乡的老百姓，餐桌能见到肉的，应该屈指可数。三十年河东，三十年河西，现在很多人因为肉吃多了，还得了血脂类的病。

中秋节能吃到肉，还能吃到干馍，所以，在第一场秋露落下的时候，我就盼着这一天的到来。傍晚，忙完了田里的庄稼，母亲就早早地回家和面，晒芝麻，用红芋熬糖稀。芝麻飘香，糖稀甘甜，两种气味融合着，在空气中飞舞，勾得人肚里的馋虫纷飞，魂不守舍，立即觉得生活欣欣向荣了。

从下午开始忙，一直到月亮初升，母亲才到院子里支起鏊子，鏊子有三只短足，支鏊子很简单，找三块砖，立起，鏊子的三只足立在砖上面就行了。然后点把柴火在鏊子下面，炊烟升起，一个院子都红彤彤的。面都和好了，芝麻也晒干上锅炒好了，糖稀也凉好了，现在要烙干馍了。

烙馍和干馍有什么区别呢，烙馍一般不放其他东西，干馍是在张纸薄的面皮上，轻轻地撒上一层芝麻和细盐，然后，用细火在鏊子上，慢慢把它烤熟，再烤干烤硬，像一张卡纸一样，捏一个边，就可以拎起来。吃干馍的时候，吃一块，用手掰一块，你是从中间吃，还是一圈一圈地吃，随你的心情。

糖饼比干馍还要好吃，糖饼是把糖稀放在面团里面，然后，用擀面杖摊薄，放在鏊子上烤，烤出黄黄的焦。糖稀的甜味，是糖饼的灵魂，咬一口，又甜又香，味蕾幸福地翻飞。咬一口糖饼，看一眼硕大明亮的月亮，奶奶又讲一段往事，一家人在月亮下，边吃边聊，直到月亮西斜。

我向来不喜欢甜食，我喜欢干馍，而且在干馍上面涂上一层红红的辣椒酱，芝麻的香和辣椒的辣，混在一起，是很刺激的味道，让人欲罢不能。我曾经在 15 岁那年的中秋，一口气吃了七个干馍和四只梨。我之所以记得这么清，是因为我差点因为拉肚子丢了小命。梨子，是我人生里的大忌。

干馍可以保存很久，至少半个月不会坏，可以带到学校，也可以带到田间地头，吃几口干馍，喝一点开水。几张干馍，就能充一顿饭。家乡人说当年进京赶考的举子，肩上背的都是干馍。不知道这是不是一厢情愿的想象。

在合肥生活快 16 年了，没在饭店吃到过干馍，只有菜合，和老板们谈干馍，他们说，那玩意费事，卖贵了没人买，卖便宜了不够工夫钱。好多美食，就因为城市的干净和卫生，渐渐失传了。现在美食多了，却因为地沟油让人多了担心，家乡的干馍，因为是纯手工天然无添加剂，吃了让人放心。

有一天，我在网上闲逛，惊喜地发现，网上竟然有电鏊子卖，而且，器形和家乡那种铁铸的一模一样。想买一只电鏊子做干馍的想法，立即在我脑海里出现了。

每个人都有一个胃的故乡，无论走到哪里，最怀念的仍然是故乡的原始风味，和那些用最土的方法做出来的食物。

怀念牛

做梦，家里的牛要卖了，屠夫来牵它，它自知寿数已到，眼泪汪汪，跟在屠夫的摩托车后面，一步三回头，恋恋不舍地走了，直到被庄稼挡住，再也看不见。

醒来，想起我们家养的最后一头牛，是一头枣红色的老犍，它和我们一起生活了近十年，最后也卖了。那头牛最后的眼神刻在我心里，多少年了，抹不去，忘不掉。

大约是 1984 年，我们家买了第一头牛，是头白色间杂黑花的公牛，从集市牵回来，一路哞哞叫，引得路人频频回头。

刚分田到户时，家家都很穷，一头牛顶得上一家人大半年的收入。哪家买牛了，是个大新闻，左右邻居都围过来看，评头论足，啧啧称叹。

中午时分，邻居们端着碗，圈着牛转来转去。谁知道这头牛突然像发疯似的，哞的一声，一低头，把离它最近的人给抵翻了。

父亲吓得脸煞白，忙不迭地给被抵的人赔不是。被抵倒的人，翻身起来，苦笑着替牛打圆场说，刚买来的，欺生，估计养几天就好了。

父亲没心情吃饭，托着腮坐在牛圈里，一天一夜没眨眼，发愁。

这个牛第二天又惹事了，我妹妹拿一把青草喂它，它又猛一低头，把我妹妹抵出两丈多远，滚到水沟边，差点落水里。

村里有经验的老人说：这牛有问题，卖的时候下了药，现在药劲过了，野性子恢复了。

几个成年男人围上去，摁住，老人掐住牛鼻子，掰开牛嘴，从牛的鼻腔里抠出一根生了锈的铁钉，叹了一口气说，看看，这个牛不能要了，肯定是因为伤人才转手的。

那根钉子是为了防止它伤人而扎进去的，牛头一动，扎在肉里的钉子也会动，肉一疼，牛就老实了。

对于一头牛来说，最大的缺点不是干活差，而是伤人。

这头牛在我们家停了三天，又牵到集上卖掉了，赔了一小半的钱。

父亲善良，不愿意骗人，对买主说了实话：这牛抵人。

买主贪便宜，说他有办法治牛抵人的毛病。自此，我们没有再听过这头牛的下落。

村里的老人们说，买这头牛的人，十有八九会再下一次药，给卖出去。杀了吃肉是不可能的，牛那么贵。

半年之后，我们家又借钱买了第二头牛，一头几乎进入老年状态的老犍。这头牛行动迟缓，性情温顺，小孩子敲它的脑袋，揪它的耳朵，它都不怎么理会。父亲说，这头牛太老了，所以才便宜。

“弓脊驴，凹腰马，偏腿老犍不用打”，这头老牛虽然老，却非常地卖力和听话，到了田里，一旦上了套，便低头拉犁向前，肩头的肉被绳子勒出血印子，也不吭不叫。我们都心疼这头牛，给它喂最嫩的青草、新打下来的大麦料。

再忙再累，每天我们都会把牛圈里打扫得干干净净，把牛的屎尿弄出去，再撒上干土，牛安卧地方的土都拍得细细的，怕硌着它。

牛是家里最重要的财产，为了防小偷，父亲把自己的床从堂屋搬到牛圈，每晚陪它一起睡。夜里牛撒尿，湿了一大片，父亲就披衣给牛睡的地方垫上干土，再睡。

这头牛在我们家活到第三个年头，又出事了。

一天，这头牛从早到晚只低头哞哞地叫，不吃不喝。请兽医来，听诊喂药后，摆摆手走了。兽医说，牛棉籽饼吃多了，不消化，胃里涨得像石头。

老牛叫到下半夜，死了。村里老人说，这头牛的牙都快掉光了，如果按人的年龄算，它都八九十了，老死了。

死牛卖不上价，集市上的屠夫来看了看，给了一百五十块钱，还让我们自己用架子车拉到他家里。

我们家里有二十多亩地，很多农活要靠和别的邻居合作才能完成，一头牛可以顶得起三四个壮劳力，如果没有牛，不会有人愿意帮忙的。牛粪是上好的肥料，如果有牛，可以少买一些化肥，也是帮着省钱了。

没办法，继续借钱，再买牛。

那一年，父亲每天早晨五六点钟就起床，挎着粪筐满村庄拾粪。天亮后，回家简单扒几口饭，再匆忙往学校赶，去给学生上课。晚上回到家，如果天不黑，再到田间地头割草，养长毛兔。一家人省吃俭用，不停地攒钱，只为了再买一头牛。

我们家买的第三头牛是只母牛，怀着小牛买过来的。父亲的意思是，母牛干农活虽然差些，但是可以生小牛，小牛养大了，就是净赚的。

小牛养大后，仍然是一个忧伤的故事。

当这头小牛长到壮年，能单独干活的时候，养活两头牛的花费超出了我们家的负担，父亲只好把母牛卖掉了。好在这头母牛，是卖给我们同村的邻居，有时候在田间地头，我们看到这头牛的时候，大家都会停下来，轻声说："你看，我们家的那头牛。"

我上初中的时候，家里的生活状况有了很大的改观，家里的主要收入来源已经不靠种田，而是靠水泥瓦生意。

我们家养的最后一头牛，是从小牛犊养大的公牛，只不过，在它成年之后，被阉割了。

一群男人，硬生生地把它扳倒，两条前腿捆在树上，两条后腿各由两个大人按着，兽医把牛的蛋蛋放在一块木板上，不停地用木槌砸，直到全部砸碎。牛发出凄惨的叫声，叫到没有力气，瘫在地上。

阉割之后的公牛，脾气就温顺了很多。阉割之后的公牛，换了名字，叫老犍。

这头老犍是枣红色的，皮毛发亮，是标准的皖北黄牛的模样，有人给它估过体重，至少有九百多斤，它站在村头，非常抢眼，有种鹤立鸡群的感觉。更难得的是，它虽然力大无比，脾气却特别的好。

寒暑假时，我的主要工作就是伺候这头牛的吃喝，一天三顿淘草上料，给它清扫牛圈，把牛粪背出去，再背进来干土，在牛圈里，把晒干的土撒匀，拍平。

这头牛的食量惊人，我每天早晨要去田里割一捆青草，用铡切碎，堆起来有一米多高，却只够它吃一天的。有时候，我心里很埋怨它的食量，但是，喂牛是大哥分配给我的任务，我又不得不完成。

有牛贩子看上了这头牛，出价两千两百元，父亲没卖。父亲说，现在家里能吃上喝上了，不缺钱，不卖。

邻居认为父亲太傻了，两千两百元在1995年左右，几乎是三头猪或七八只羊的价格，是几个小孩一年的学费。

那时候，一般的牛很少能卖到两千元，牛贩子也是一路打听才问到我们家的。

两年后，买了拖拉机和铁犁，这头老犍也渐渐闲了下来，但是，父亲仍然没有要卖它的意思，从小养到大，养出了感情，总是不舍得。母亲说，也就是一天要铡几次草，稍微麻烦点。

我高中毕业，考到合肥上学，需要一笔学费和生活费，一家人商量来商量去，最后的决定是：卖牛。

集市上的屠夫知道我们家要卖牛，骑着摩托车来了，谈价格，我父亲要了个很高的价，并坚持一毛钱都不能少。屠夫很为难，假装推着摩托车要走，走了几步，见我父亲没让步的意思，又以讨香烟为由回来了，同意了父亲的价格。

屠夫进牛圈牵牛，把牛绳拴在摩托车的后面，发动了摩托车，准备骑着走。我父亲追在后面，大声喊："你摩托车那么快，它怎么能跟得上，你就不能推着走？"

我娘躲在厨房里难过到要哭，带着哭腔，让我到牛圈里敲石槽，意思是当这头老牛想起我们家的时候，它记得石槽的声音，还能找到回家的路。

其实，大家都知道，这头牛到了集市上，它哪里能活得到天黑呢。

我拿了棍子拼命地敲石槽，一直到把棍子敲断。

我没有看到这头牛离开村头的背影，但是，我记得它眼泪汪汪，记得它一步三回头，记得它跟在摩托车后面步履缓慢……它在我们家生活了近十年，早已经和我们成为一家人了。

从此，我们家再没养过牛了，再后来，猪和羊也养得少了，只养了几条看门的狗。谈论起我们家养过的家畜家禽，除了一头养到一千多斤的猪之外，最难忘记的就是那头枣红色的老牛了。

农业机械化，种田变得容易起来，村里养牲口的人少了。村里的牛都是大型养殖户养的菜牛，这些牛从生到死，不做农活，不离牛圈，不知田野芳香，不见四季轮回之美，活着，就是产奶或者成为牛肉。养它们的人，投入的是钱，看重的也是钱。

牛是农业文明时期人类忠诚而卖力的伙伴，和人类相互搭伴，一起通过卖力地干活，换取活下去的机会。

现在，生活舒适，艰难已远，感情寡淡，还有谁会在意一头牲口的冷暖与感受？

怀念一块地

南稻北麦，一片生长庄稼的土地，南方人称田，北方人叫地。南方人叫下田，北方人叫下地。

家乡的每块地都有名字，比如“牛梭拐”“园拐子”“西庄湖”“白碱地”“后坑塌”“长虫沟”“老母猪坑”“蛤蟆桥”“寒人坑”“西北湖”“西南湖”等。像一家兄弟姐妹的名字，从小喊到大，一生不改，一世不变。

地比人长寿，一代代的人没了，但地还在，就像一些村庄的名字，有的整整喊了几百年，甚至上千年。因为人是一辈辈传下来的，地的名就这么传下来了。

如果你认为田地的名字没什么意思，你就错了一半；如果你认为庄稼人识文断字少，缺乏想象力，那你就完全错了。

一

蹒跚学步那会，我有一段时间住在姥姥家，每天晨光洒金的时候，姥姥拉着我的手下地。

好像有一块地叫“云满湖”，离村子最近，地是方形的，中央有个大池塘，大雨初晴的日子，常有洁白的云映在水面上。旱天，池塘里的水干了，像一个懒人，敞开肚皮躺在大地上。

梅雨久涝的日子，常有跑错河道的鱼，顺着田地间的垄沟误入池塘，在浅浅的水里游动，露出黑黑的脊背，搅碎一池的云彩，化成片片碎羽。

云满湖，许多写诗的人，也不一定能想出这么富有诗意的名字吧。

二

外甥是姥姥家的狗，想来就来，想走就走。

十二三岁的时候，我已经能从姥姥家自己走回家，十来里路，走走停停，路过一个村庄又一个村庄，也路过一块地又一块地。

路上有相遇的农民，他们会互相打一句招呼。

一个问：“你家庄湖上的芝麻开花了没？”

另一个答：“庄湖上的没开，松林岗子上的开了。”

一对一答，说的都是地。每个地的名字，都出其不意的新鲜，好听。

读书之余，我常去村北头一个叫园拐子的地里放羊。园拐子靠近村庄，夏天，村里的很多羊都在那里的空草地上吃草，追逐，撒欢。

绿草如毯，上面撒满一片片白云似的羊群。

园拐子最美的是秋天，近百亩的草地上，开满黄的、白的、紫色的花，再点缀上白的羊群和奔跑的孩子，真的像一幅油画。

四

雨季来了，大雨小雨一场接一场，村前沟溪如镜，这时村里的人差不多都来“牛梭拐”了。牛梭拐是村前一条“V”字形小河包围着的地。大雨初晴，天开云散，牛梭拐池塘边的大柳树下，总是站满了钓鱼的男人。男人们一边钓鱼，一边和身后纳鞋底缝衣服的女人们打情骂俏。

塘边的大柳树，最老的有四五十年了吧，最粗的那棵要三个大人才能合抱过来。吃过晚饭，这里就成了天然浴池，一般女人们在“V”字的右边，男人们在“V”字的左边。几十年来，从没有人跑错过。现在，牛梭拐因为盖房，被推土机填去了一边，像“人”字少了一捺。

现在的男男女女，都在家里洗“太阳能”了，没人洗澡的牛梭拐，就少有人爱惜，沟里满是垃圾。夏来春往的日子，塘里常常冒出一串串小气泡，臭气逼人。

现在地下水超采，几十年前，村前村后的沟沟塘塘都是水，有水就有鱼，连村里米把宽的水里都能逮到一两斤重的鱼。现在整个村庄几乎没有一条沟一口塘了，都填平弄成了地，种上了庄稼或青菜。没填的水沟和池塘也都成了黑水沟，飘着垃圾。

五

靠近牛梭拐的那块地叫“长虫地”。这里地势偏低，涝天一汪水，旱天裂开嘴，水草密布的季节，杂草丛中，最适合蛇来藏身。

“长虫”就是蛇，有土蛇，有水蛇。水草多的地方蛇就多，所以长虫地是名副其实的。因为小时候在长虫地割草时，一镰刀下去，曾经割下过一只乱蹦的蛇头，吓得我几年不敢踏进这块地半步。

读书后，生物课老师说本地圆头的是草蛇，无毒，三角形和菱形脑袋的才是毒蛇，我们这里天干地燥，没有毒蛇。长虫地里的蛇以黑皮白腹的水蛇居多，所以心里才稍稍地放松。

六

村里最富有传奇和恐怖色彩的一块地叫“老母猪坑”。

这块地离前后左右的村庄都有三里左右，兵乱年代，荒草一人高，杂树丛生，这里常有盗贼出没。有人在此丢了性命，有的失了财宝，也有人性命和财宝尽失，当然那是很遥远的事情了。

更有一个吓人的说法流传至今，说每天在正午或傍晚的时候，常有一只高大的黑母猪，后跟着十几头小黑猪，在地垄里吭哧吭哧地叫着，到处乱蹿，见人则化作一团青烟，遁地而走。然后，等目击者一转身，那群猪却正静静地站在你身后，个个怒目龇牙，虎视眈眈，似笑非笑。

不少人都说自己亲眼目睹了这群猪，也确实有人因此吓疯。吓疯的那个人病好之后说，他一转身刚要跑，只听那头老母猪，竟然站了起来，像人一样开口说话：“就你一个人，真的不怕吗？”

这个恐怖故事越传越广，连那群猪长啥样都传得有鼻子有眼。毕竟，真的有人在这里得了癔症，吓出了屎尿，也吓出了毛病。

从此，四乡八邻的人一提起“老母猪坑”四个字，便浑身起鸡皮疙瘩。即使在大白天，也少有人敢独自穿行其中。

有了吓人的传说，在这块田里干活时，总觉得周边阴气森森，心里总是麻麻地怕。如果是天将傍晚，或风急云暗之时，一阵旋风，或天空中有一片奇怪的纸片打着转地飞，正在干活的人，便心里一紧，没命似的向村里跑。

以前，村里大人们常常拿“送你到老母猪坑去”来吓唬不听话的小孩子。小孩子一听“老母猪坑”四个字，就立马闭嘴了。

很多村庄，应该都有一块“老母猪坑”，都有一块让人听到名字就头皮发麻的地。

七

说了两个恐怖的地，再说两个轻松点的。

“北沟岗子”的旁边是“白碱地”。很多年前，每到夏天，一场大雨之后，晒干的泥土上，常常附着白色的粉状物，村人不懂，也以为闹鬼，这块地种什么庄稼都长得不旺，少有人种。

据说后来村里来了一个上过农校的人，从怀里掏了一张像跳大神的巫婆用的一样的小黄纸片，抓了一把土，加水和了一下，用纸试了一下，看了看，沉思一会说："这块地的碱性大，要加酸。"他就让村里人把茅厕里的尿都担来，给地"治病"。

还真的起效了，从此地里的庄稼越长越好，废地成了宝地。读高中时，学会了酸碱中和原理，才知道那个干部用的"神纸"，就是普通的 PH 试纸。

现在白碱地仍然叫白碱地，只是，几乎看不到白碱了。

八

村子西头有一块地叫"稻田"。"稻田"是只有一百几十亩大小的小地块。这块地，在 50 年前，曾经试种过水稻，就是旱地改水田。

众所周知，稻子大都生长在淮河以南地区，以 0 度等温线和 800 毫米降水线为界，南稻北麦。稻子生长要靠水，田要保水性好，我们这里是黑土，土壤非常软，渗水性强，而且在这以旱地为主的北方，连浇地用的水都缺少，哪有水灌田呢。

在大放卫星的年代，别的地方都亩产上万斤了，我们不能没有啊。于是，在上级领导的指挥下，就把一块块旱地，活生生地改成了水田。稻田里种的是旱稻，所以就叫旱稻田。最后的结果是，这块地里不但没产出万斤的稻子，后来土地板结，连小麦也长不好，荒草倒是长得挺旺，没办法，只好又改回来，还是种麦。

离乡几十年,村子空半截,村庄的旧址变成了庄稼地,原来的稻田和园拐子都盖上了楼房。以后,村里应该不再会有一块地叫稻田或园拐子了。

地比人长寿，一代代的人没了，
但地还在，
就像一些村庄的名字，
有的整整喊了几百年，
甚至上千年。
因为人是一辈辈传下来，
地的名就这么传下来了。

怀念一条狗

大黑是一条狗。

大黑抱到我们家的时候，才一尺多长。它颤着四条短短的小腿，哼哼叽叽地在屋子里跑来颠去，一会儿撞到床腿上，一会儿摔个四仰八叉。夜里，它汪汪汪地叫几声，把我们惊醒。

姥姥说，它刚离开它娘，有点想家，过几天就好了。

我喜欢大黑用湿湿的小舌头舔我的脸和鼻子。姥姥用破棉絮和纸箱，为大黑做了一个窝，就在我的小床底下。冬天冷，大黑总爱往我的被窝里钻。

大黑是我的尾巴，我走到哪儿，它就跟到哪。村里那些大我几岁的孩子想欺负我时，我说一声："大黑，上，咬他。"大黑一龇牙，那群混蛋羔子就吓得一哄而散。

全村 30 多条狗中，大黑长得最高最壮，它只要在那些小狗面前抖一抖黑缎子一样的脊梁，那些狗便落荒而逃。大黑从不咬人，我觉得它像一个喜欢背着手踱步的大官，很有风度。5 岁的我对姥姥说，大黑要是个女孩子就好了，长大了我就娶它当老婆。姥姥直刮我的鼻子。

上小学那天，大黑和我一块去报名。那个管报名的老师吓得直向桌子后面躲，我说：“大黑，趴下。”大黑就趴在了地上。我上课时，大黑就趴在我们教室后面的土沟里。每隔十几分钟，我总忍不住向窗外看看。大黑不像我一样守纪律，能一坐45分钟，它总是在后窗下跑来蹿去。我的心也在教室的外面飘来荡去。

每天上学时，大黑总要陪我走上一段路。放学时，我一进院门，大黑就会猛地蹿上来，两只爪子向我肩膀上一搭，用舌头舔我的脸，尾巴像个大扫帚一样，呼呼地摇着，把地上的土都扫起来了。我把书包一扔，就跨在了大黑的背上，让它驮着我在院子里转圈圈。

姥姥说：“不兴骑狗，骑狗烂裤裆。”我说：“还有骑马的呢，骑马咋不烂裤裆”。

去镇上读初中的头一天，大黑跟着我走了五里多地。我赶它回家，它绕了个圈子又跟上来。我再赶它，还是跟上来。我用土坷垃砸它，它不躲，我用树枝抽它，它不躲。我哭了，我对送我上学的父亲说：“我不上初中了，要不我把大黑也带学校去。”最后，父亲拦了一辆拖拉机，我们上了车。大黑在滚滚尘土中追着车跑了三里多地，最后慢慢变成了一个黑点，消失了。

第一个星期天，我步行20多里地回家，就是为看看大黑有没有回到家。当我一进院子时，大黑便呼一下子蹿上来。我搂着大黑的头，泪水流了一脸。

我又要去上学了，大黑送了三四里地。我拍拍大黑的头说：“大黑，回家吧。”大黑就站在那儿不走了，冲我直摇尾巴。我大步向前走，在心里对自己说：“不要回头看，不要回头看。”

我怕一回头，大黑又会跟上来。我在心里说，别了，我的好朋友，别了，我的好伙伴。

暑假到了，我天天带大黑去钓鱼。钓到小鱼，我就扔给大黑吃。大黑吃得很香，冲我又作揖，又摇尾巴。我在树荫下看书，大黑就趴在一边睡觉，大黑老了，不再爱跑来颠去。

不知谁家的狗惹的祸，把一个下乡来检查的官员的腿给咬了。大队书记气得让民兵连长扛着铁棍和土铳挨家挨户地杀狗。一天之后，全村就有十几条狗，变成一张张皮贴在墙壁上。

我和妹妹把大黑关进地窖，地窖太黑，大黑老是向外蹿。我和妹妹又做了个皮项圈，把它拴住，牵到村外的玉米地里。每天我装作去掰玉米棒子，其实是给大黑送去大馍和水。

大队书记在广播中点我父亲的名字，说全村只剩下大黑没死了，限时两天，不交出大黑就罚款500元。父亲从学校里回来，打了我一个耳光，让我说出大黑在哪儿。我没说，也警告妹妹不要说。

最后，大人们还是发现了大黑藏身的地方。我发疯似的哭着闹着，用土坷垃砸民兵连长。可他轻轻一提，我就离开了地面。我看见，一个民兵用大铁钳子卡住大黑的脖子，另一个民兵举起了铁棍，一下一下地打在大黑的腰上。我眼前一黑，就昏了过去。等我醒来时，大黑已经不见了，地上只剩下了一摊血和大黑脖子上的项圈。

大黑的肉被打狗队的队员们吃了。大黑的皮被父亲要了回来，钉在墙壁上。我一看见墙上的大黑就想哭，父亲把大黑的皮卖给了一个收狗皮的人。我相依相伴了8年的伙伴就这样没了。

每个村庄，都有一口老井

村庄是围着一口老井长起来的。

水是生命之源，井是生活必需品，有了井，一个村庄才有火热的生活，才有子子孙孙。

我出生的时候，村里的老井已经有上百年历史了。村里最年长的老人说，他小时候老井的四壁就长满了青苔，井沿的雕花石栏已经磨得很光滑了。

老井是个直径一米的大井，井口东西方向，是两条一丈多长半米多宽的大青石板，两条青石板中间，夹着两块方青石板。年岁久了，四块石板都磨得光滑如镜。

老井的北边，有一个石头和青砖砌成的照壁，像一面墙，底座上刻着一些字，被风雨剥蚀得只剩下笔画。老人们说，照壁是避邪的，那些字，是当年挖井时写的碑文，和捐钱人的名字。

照壁的中间，白石灰刷白的部分，隐约露着红字，写的是“毛主席万岁”。

老井是村里人人必到的地方，村干部们喜欢在老井的照壁上贴一些红纸写成的通知或喜报。

老井旁边有一块开阔的空地，这是全村的活动场所，用来开会，唱戏，也是老井周边村民吃饭的饭场。一年四季，住在老井旁边的人家，都会端着碗来这里一边吃饭，一边聊天说笑。男男女女，开着半荤不素的玩笑。

村里的老人说，我们村最早的祖先，是明朝从山西洪洞老槐树搬来的于氏三兄弟。三兄弟，分住在三个地方，三个地方，形成了三个于姓村落，分别叫大于村，小于村和于刘家。

我们村在三个于姓村庄里，人丁最兴旺，是一个有八百口人、近两百户人家的大村子。村里的男丁一般要按辈分取名字，辈分都是上几代人排好的，我们村的辈分现在是：德贵占从，善兴加宝，孝振世昌。

现在虽然不按辈分起名字了，但是，各家各户的辈分仍然十分清晰，爷叔之间不论年纪，只讲辈分。80 岁的老翁，也许还会对一个牙牙学语的孩子称爷爷。

辈分没有了，不知道若干年后，会是什么样子。

好了，继续说井。

村里有三口上百年的老井，一口在村东北角，一口在村东头，还有一口就是这个老井。

老人们说，老井时间最久，水也最甜，所以吃这口井井水的人最多。

每天清晨，天刚亮，老井边就响起了扁担碰水桶的声音。扁担两头是铁钩子，铁钩子碰到铁皮桶，会发出叮当叮当的响声，铁桶入水时，也会发出扑通扑通的声音。这是属于乡村早晨的声音。

最勤快的人都会最早去挑水。两只水桶压弯了扁担，忽悠忽悠的，和着挑水的步子，呈现出一种别样的节奏。

挑水人的身子和两只桶，被晨光拉得很长，也很美。

每家都有几口大水缸，有的大水缸能盛十来桶水，要来来回回挑三四趟，才能灌满。除了烧火做饭，一家人洗洗涮涮，喂猪喂牛，都要用到水，所以挑水是个体力活。

挑水，是每家每户一天生活开始的第一件事。清晨的第一声问候，也大都在老井边开始。

无论干旱或者洪涝，老井的水位，多年保持一致，清澈，但从不见底。老人们说，老井里有一个小手指头粗的泉眼，所以能供半个村子的人吃水，永不干涸。

老井边大青石板光滑如镜，所以，到井边打水的人要特别小心，一年之中，总会有一两个人滑落井里。大人们最害怕孩子去老井边玩，总是千叮咛万嘱咐。

也有人不小心滑落井里，但是老井从来没有淹死过人，这也是很神奇的事情。

村里也有不少寻短见的女人，但是，从来没有人跳这口井。她们选择跳河，或者跳塘。可能，寻死的人，也不愿意污了井里的水。

老井没有盖子，总会落进一些鸡鸭猫狗或者老鼠。这些动物的死尸会被第一个发现的人捞上来，远远地扔掉。然后，几个壮劳力不停地轮流打水，期望把井里的水换一换。但，这多是徒劳。

稍微讲究的人在这几天会走很远，去村里另外几口井挑水吃。过几天，再回来继续挑这口井的水吃。

有时候，村里起得最早的那个人，会悄悄把井里的死东西捞上来扔掉，并不言语，后来的人并不知道。不知道就不会恶心，照样挑水，吃水。

为了清除井里的杂物，老井一两年要淘一次，一般选在农闲时节的冬天。

淘井是村里的一件大事。村干部早早地挨家挨户通知，会动员全村人去淘井。

在没有抽水机的年代，要把一口井里的水抽空，是需要些力气的。最笨的方法，是井的四壁站满青壮劳力，五六只桶同时不停地往外打水，人轮流换，水桶不停。这样，小半天之后，老井就渐渐见底了，泉眼涌水也很快，所以，一直要有人不停地往外打水。

井底还有一米多深的水的时候，就得有人下井，一般会选村里最壮的男人。用粗麻绳，做成一个秋千样的板凳，让下井的人坐着，一点点送到井底。到了井底，第一时间找东西迅速把泉眼堵上。

冬天的水很凉，所以，下井前，要猛喝几口烈酒，才能御寒。

到了井底，用铲子把井底的淤泥，装到桶里，负责提升的人，提上来，倒在旁边。

男人们干体力活，妇女们负责把提上来的淤泥慢慢摊开，找泥里的东西。淤泥里有掉进去的扁担钩子、桶鋬子、桶耳朵，也有钥匙、银手镯和银耳环，一些五花八门的生活用品，在井底沉睡一年之后，又开始重见天日。

拣出来的东西，都用水冲干净，一行行摆在一边，等着各家各户前来认领。除了银手镯，其他都是普通的生活用品，并没有人冒领。而那些曾经掉了稍微贵重的物品到老井里的人，会提前和淘井的人说，描述一下物品的样子，等到淘出来的时候，对上号，就可以拿走了。

村里都是穷人，戴银手镯和银耳环的都是老奶奶，几十年也掉不到井里一件。

后来，村里开始流行打压水井，仿佛一夜间，家家户户都装了压水井。压水井方便，随用随有，不用辛辛苦苦去老井挑水了。

老井渐渐寂静了下来，只有附近几户还断断续续地用，但是，吃的人少了，水质就变差了，最后，那几户人家也放弃了使用老井。

老井被放弃了，渐渐落满了垃圾，长满了青草，最后，那几块青石板也被人撬走盖房子了。最后，一场大雨后，老井塌成了一个大坑。

村级公路越修越宽，为了交通方便，村里人纷纷搬到靠近公路的地方盖房子，老井周边的房子也因年久失修，开始坍塌成废墟。

村庄没有了原来的模样，老井也在清理空心村的时候，被推土机推平，种上了庄稼。

现在进入全面电子信息化时代，种地全面机械化，鸡鸭和猪羊都进了养殖场，吃水一拧水龙头就有自来水，想聊天有手机电话，人们不再需要聚在一起吃饭聊天，围绕老井的生活方式也消失了。

一代人有一代人的生活，老井属于农耕时代，是伴着鸡犬之声相闻，伴着炊烟袅袅而诞生的，在工业化的今天，老井就成了传说。

两只水桶
压弯了扁担，
忽悠忽悠的，
和着挑水的步子，
呈现出一种别样的节奏。

秋风凉，红芋甜

两场秋霜之后，葱绿的红芋秧子开始变黄发黑。当梗上的叶子落了一半的时候，就要起红芋了。

“红芋稀饭红芋馍，离了红芋不能活”，红芋就是红薯，学名番薯，因为适应性强，全国各地都有种植，它的名字也多达几十种，在一些地方它叫甘薯、山芋、地瓜、山药蛋等。

红芋、小麦、大米和玉米，并称中国四大农作物。

红芋和玉米，都是原产自美洲的农作物，明朝进入中国。红芋和玉米的到来，丰富了中国人的餐桌，解决了饥荒，还引发了明清之际中国人口的猛烈增长。

红芋不挑地，不论南北，无论平原或高山梯田，只要有水有阳光，舍得上肥，它就拼命地长。红芋的品种很多，从皮的颜色和内心上分，红皮白心的叫本红芋，白皮白心粗筋的叫日本红芋，黄皮红心或黄心的洋红心红芋。现在餐桌上还多了一种叫紫薯的，大约是红芋的近亲。

淮北地区，红芋一年可以收获两次，有春红芋和秋红芋之分。春红芋要先育秧，等春暖花开的四五月间种下地，一直长到初秋，长达半年多。

秋红芋又叫麦茬红芋，小麦收获之后，就着麦茬起垄，剪下春红芋的秧子，直接插到地里，经过夏天一百多天的雨水与阳光的洗礼，在初冬等来收获。秋红芋生长的时间要比春红芋少一两个月，所以块头没有春红芋大，淀粉含量要少一些。

红芋是高产作物，比种玉米和大豆有保证，在粮食紧张的年代，红芋最受农民的喜爱，虽然栽红芋要比种大豆更累更烦琐一些。

夏天一滴滴、一行行的汗水，在秋天换回沉甸甸的收获。

如果雨水均匀，一根红芋秧下，能长出大大小小四五只红芋，加起来能有十来斤。丰年，一亩地红芋的产量可能有 5000 到 6000 斤，十几亩的红芋堆起来，有几间屋子那么大那么高，很壮观。

春红芋大多用来做淀粉，秋红芋大都用来切成红芋干，当饲料和越冬粮。

切红芋片的工具叫镘子，一块一米左右长半尺左右宽的木板，在一端掏个长方形的洞，上面钉一个月牙状的刀片，工作原理有点像木工用的刨子，或者厨房里的刨刀。

还有一种叫铰片机，一块铸铁圆盘上，装着两块刀片，圆盘外，还有一个用来装料的斗。红芋装在斗里，摇动把手，嚓嚓嚓，就把红芋切出来薄厚均匀的红芋片。饺片机一般装在一条板凳上，它的工作效率比镘子要快一倍。

刚切出来的红芋片是鲜的，冒着白汁，要经过一到两天的大太阳，才能晒成红芋干。所以准备晒红芋干的前两天，一定要听天气预报。

天气预报也有预报不准的时候，晒在地里的红芋干，哪怕沾了一点雨水，就开始发潮变霉。变霉的红芋干不能吃，也不能喂猪，只能扔到粪堆里沤肥或者用来烧锅。这种损失让人心痛，也很惊人。

晒红芋干都是晴天，如果碰到有月光的夜晚，红芋地里都是人，大家把月光当灯，在月光下忙碌，直到月光暗下来，只剩下满天的星星，才肯收工回家。

民风淳朴的那几年，在地里晒红芋干都很放心，无论放多少天，都不用担心有人偷。可是，后来不行了，即使有人看，也有人偷偷地摸进红芋地里偷。现在的小偷更不要脸，胆子也大了，有的地方，听说有小偷开着拖拉机进西瓜地偷西瓜，进到村里撬锁偷粮食。现在的农村，都是留守的老人和孩子，即使和壮年的小偷碰个对面，也不敢制止和反抗，任由小偷猖狂。

秋红芋除了切红芋片，还要留一部分进行窖藏，用于越冬。根据家里人口数量和养殖的猪的头数，决定要贮藏多少红芋，要挖多大的红芋窖。

窖红芋是个技术活，要选一块地势高又向阳的地方，挖一个长方形地窖，如果要贮藏的红芋多就要向下挖得很深，有的时候近两米。一个长四米宽两米深两米的窖，可以盛下近一亩地的鲜红芋，有万把斤。

红芋放进窖了，要在上面像盖房子一样，搭起一个人字梁，再苫上高粱杆做的顶，上面培土。培土的厚薄，直接关系到窖红芋的成败。土太厚太严实，会让窖内的温度过高，红芋处在高温里，会生斑变霉，俗称烧窖。如果土培得太薄，则会让窖内的红芋受寒挨冻，被冻伤黑心，红芋变苦。

很多人家买了温度计，插进红芋窖里，时不时拿出来看看，以便随时增减窖上的土层。高手窖红芋，能从冬天吃到来年的春天，一窖红芋清新如初。

为了防风和防潮，红芋窖的门都留得很小，每次掏红芋，一般是身材瘦小的孩子或者女人下去。我们家，我最喜欢下红芋窖掏红芋，因为大冬天里，窖里是很暖和的，待在里面，可以一边啃着生红芋，一边像扔炸弹一样往外扔红芋。

冬天，村里每家每户的三餐基本上一模一样。早上，都是煮一锅红芋饭，馏一锅圈馒头，每个人吃两碗红芋，就着咸菜吃几个大馒头。人吃完饭了，锅里还会剩下半锅红芋，把人吃剩下的红芋皮收集起来，再把整个的红芋辗碎，撒几把麦麸，就成了猪的早餐。

一天三餐，一咸两淡，早餐肯定是淡的，如果中午是面条，晚上也是煮红芋馏馒头。总之，一个冬天，三餐要有两餐离不开红芋。吃红芋会吃到作心，看到就反胃。

除了小麦打成的白面，还有一些玉米粉和高粱粉，再也没有更丰富的主食。一个月能吃一两次肉的人家，算是富裕人家了。

所以，能贵能贱的红芋作为主要粮食，温暖着我们饥饿而空洞的胃，支撑起一个冬天的希望。

秋天里的香味

皖北的秋天，总来得迅急而猛烈，几场秋雨之后，树上的果实和田里的庄稼，就渐次成熟了。

秋天，也是皖北的村庄和田野一年之中色彩最绚丽迷人的季节。绿色、黄色、橙色和红色，五彩斑斓地交织在平阔的大地上，美而壮观。

方块田里的庄稼，在秋雨之后，颗粒日渐丰满，它们在等待锐利的镰。

树上，枝叶间的果实，在灿烂的初秋阳光的照耀下，闪着诱人的色彩。

秋天绝对是美食最丰富的季节，在皖北，好味道在中秋节到来之前就开始了。

先说树上的果子，梨子酥而多汁，大枣清脆甘甜，石榴籽晶莹剔透。挂在树间的石榴，向阳的一面变得通红，充满诱人的色彩。

柿子都还在成长，那诱人的橙色要在树叶落完之后，才会完全呈现出来。一棵挂满柿子的树，是村庄里最美的风景，甜到斶心的果子引诱着孩子，所以，只有挂在树枝顶端的果子才能留到最后。

红红的柿子，蓝蓝的天，清新脱俗，赏心夺目。很多摄影爱好者，应该都拍过秋天的柿子。

每一家都有一个小菜园，一年四季长着青菜。

秋天，菜园里有红绿相间的辣椒、紫色的茄子、红红的西红柿、青青的豆角、水灵灵的萝卜、圆乎乎的白菜，一垄垄的分齐，养眼养心。

院墙或菜地边上都会种着南瓜，从夏吃到冬。经过一个夏天的雨水喂养和光照，在秋天，南瓜由青变黄，老南瓜做的南瓜粥，香甜养胃。

冬瓜也是初秋的好菜，冬瓜多水，用来炖排骨汤，或者配青红辣椒一起炒，下饭又可口。在皖北，腌冬瓜也是很多人家的首选，冬瓜切成小方块，用辣椒粉、蒜头、白醋、盐和白糖，反复搓揉，放置三五天即可生食，腌冬瓜清脆爽口，是不错的下酒菜，也是餐桌常备的小咸菜。

如果胡萝卜长成了，便用来做皖北一种特别的凉菜：绿绿菜。取光滑挺直的胡萝卜切成细丝，配以辣椒粉、大蒜头、生姜丝、白酒、红醋、白糖和盐，搅拌之后入坛，坛口用塑料布包严扎紧，过 20 天左右，开坛可食，胡萝卜的清香和着大蒜子的冲味，香气扑鼻，滴几滴麻油，香辣甜的味道就都齐了。

皖北人喜生食大蒜、葱蒜和荆芥这些气味很刺激的东西，这让南方人有点受不了。但是，在皖北，如果一碗杂粮面条不配几粒蒜瓣，那会少了很多味道。

秋天，将新收的蒜瓣和生姜、红辣椒在蒜臼子里砸碎，也是一道好菜。当然,也是生吃。两种味道的辣在舌尖和舌根不停地来回打转,让人欲罢不能,胃口大开。

中秋节前后几十天,田里的庄稼渐渐开始进入收获的季节。秋季的农作物很杂,以黄豆、玉米和红薯为主,其他还有花生、绿豆、芝麻和高粱。

玉米成熟得最早,玉米的颗粒成熟得比较慢,我们管刚成熟的玉米叫青玉米,那时候玉米粒很嫩,能掐出水。青玉米从田里掰回来,用来做稀饭,也可以在锅里煮熟,一根根,捧着啃。当然,也可以小火烤焦,那种香味特别勾人。

黄豆有个近亲叫毛豆。毛豆的颗粒比黄豆大一些,但是产量低。毛豆长成粒的时候,把毛豆粒在石臼子里捣碎,弄成青豆渣,豆渣和油渣、青红辣椒一起炒,再点缀几颗嫩萝卜缨,又好吃又养生。毛豆产量低,没有人当粮食种,现在皖北种毛豆的人家少了,只有在超市才能买到。

几场白霜之后,红薯就成熟了。在皖北,红薯的名字很多,我们那里叫红芋。红芋的品种很多,有红心的有白心的,有黄皮的有红皮的,我们管黄心的叫洋红心红芋。带着洋字,说明这个品种到中国来的时间并不早。洋红心红芋一般和小米一起煮稀饭,又甜又滑,每顿可以喝一大碗。

“红芋干子,红芋馍,离了红芋不能活”,在冬天,红芋在皖北的餐桌上会占据C位。红芋干子可以砸碎下稀饭,也可以磨成红芋面。红芋面含有大量的淀粉,所以做成的窝窝头是黑色的,窝窝头沾香油,越吃越有味。窝窝头的凹洞里面放上红辣椒油,简直让人欲罢不能。当年,窝窝头就红辣椒油是穷困人家的标配,现在几乎吃到不了。

皖北盛产芝麻，皖北芝麻油也是一绝。所以，当芝麻成熟之后，磨坊就开始飘香了，这种香气会一直持续到春节。

新芝麻收上来的时候，就有香油小贩进村里，小贩一边用小铁锤敲着一个破犁铧头，一边喊着“芝麻换香油喽”，一般三四斤芝麻换一斤油。

馋嘴的孩子一定错不了这个时机，一手抱着香油瓶，一手拎着芝麻，几步冲到香油小贩的车子前，看着香气扑鼻的油慢慢流入瓶口，对未来美食家的培养，就这么在不知不觉中开始了。

江米糕，花团子

今天，汉堡、披萨、薯片和火腿肠不离嘴的孩子，对饥肠辘辘是没有概念的，因为他们从来没有吃不饱的感受。

有挨饿经历的人，现在大都年近不惑了吧。这一代人，成年之后，又大都吃出了脂肪肝。

30 年前，在农村，冬天没走春天刚来的时候，最容易饿肚子。这时候，存粮快吃光了，树上的果子没熟，菜园里也没有能吃的菜。

我这里所说的挨饿，并不是没有东西吃，而是吃得太单调，不丰富。

单调到什么程度呢？在我们村，大多数人家，一日三餐，早饭是红芋和胡萝卜煮成一锅的稀饭，中饭是面条，晚饭和早晨一模一样，还是红芋煮胡萝卜。

红芋吃多了，屁多，臭得熏死人。但红芋亩产高，一亩肥点的地能产五六千斤，在高产农作物里，除了红芋就是玉米了。这两种作物，种得最多，也吃得最多。吃多了，自然就烦了。

夏收小麦秋收豆，庄稼一枝花，全靠肥当家，化肥很贵，也很少，肥料少地就没有劲，粮食单产不高。为了节约珍贵的面粉，白面馒头加入粗粮，有玉米有高粱，甚至还有豆饼。只有家里来了重要客人的时候，才能吃到真正的纯白面馍。

冬天能吃到的菜也很少，很多的时候是吃各种腌咸菜或者酱豆。白菜倒是每天都能吃到，但是菜里的油水太少，消化得特别快。经常上到第三四节课，肚子咕咕噜噜的叫，盼着早点放学。放学铃一响，就冲出校园，疯跑回家，掀开锅盖，拉开橱柜，找吃的。

家里能有什么能吃的呢，生的红芋，或者胡萝卜倒有不少，但是啃多了，容易拉肚子。除了无奈地骂一句“饿死鬼托生的”，父母也没有别的安慰。

需要花钱的地方很多，他们也很为难。

这个时候，特别希望听到拨浪鼓的声音，走村串巷的小贩拉着架子车，就像一个流动的杂货铺，上面有针头线脑、塑料手枪等一些物品，也有一些吃的。

小贩带来的零食很丰富，有瓜子、糖果、饼干，也有江米糕和江米做的花团子。

糖果不是今天的超市里卖的奶糖或者蔗糖，而是以红芋为原料制作的土糖，颜色酱黑，俗称“狗屎糖”。瓜子是炒制的，比较著名的叫“羚羊瓜子”和“明扬瓜子”，白色塑料袋装着，一袋几十克重，比火柴盒大不了多少，如果数下来，估计都没有一百颗。

饼干的包装也很简单，是用透明的油纸包着，体积约等于并排放着的五个火柴盒大小，一包有十来块的样子。饼干的外包装上，画着飞机轮船，长江大桥，还有高压线的铁架子。大约这种饼干，是供旅行在路上的人吃的，所以，寓意很高远，也很工业化。一包饼干的价格也很贵，差不多要四五个鸡蛋来换。

江米糕，江米糖，小孩吃了不闹娘。

吃得最多的是江米糕。这种东西，即使偏远的农村，现在估计也绝迹了。江米糕是以糯米为原料膨化出来的，切成白色的方块，放到嘴里，用口水一湿，就化掉了。因为有糖或者糖精在里面，很甜，却不顶饿。

花团子的原料也是糯米，一颗团子，乒乓球大小，能看到一粒一粒的米，我们叫它花里团子。一根红线，串起长长的一串，串子的尾巴上，还飘着红一片绿一片的穗子。很多串花团子，挂在小贩的车把上，在风里飘摇，散着炒米的香气，诱人极了。

也有专门卖花里团子的小贩，小贩的货担一头挑着花团子，一头挑着一个类似于今天飞镖一样的转盘，连着转盘的是一个发射机关。

递过去一角钱，小贩转动转盘，这边扳动扳机，一支镖啪的一声射出去，射中的字数，就是能得到的花团子数，很多时候，射中的是花或者小动物，这意味着一角钱就打水漂了。当然，也有心善的小贩，即使什么也没射中，作为保底，也会给一个花团子。

一角钱能买两个鸡蛋，一个 20 页的作业本，或者两支铅笔。对于农村孩子来说，这也是一笔大钱，舍不得。

没有钱，也可以拿鸡蛋、废铁、旧书报纸、破塑料盆、旧塑料鞋底或者塑料薄膜，找小贩换江米糕或花团子。

每当小贩的叫卖声在村里响起，每个孩子瞬间都变成了捡垃圾的高手。眼睛四处飞快地转，盯着河沟或者屋顶，也或者跑回家，房前屋内，翻了个遍。飞快地拣出来废品，跑过去换。

能找到的废品太少了，如果小贩来得勤快些，就找不到废品了，这个时候就要动动脑子——找鸡蛋。

奶奶养了十来只鸡，每天哪几只鸡要下蛋，她心里一清二楚。当然，她也有记不清的时候。

我隔三差五，从鸡窝里偷偷掏出来一个，埋在房前屋后的土堆里。等奶奶忘记丢鸡蛋这回事的时候，再拿出来，去换江米糕。

为了吃，我还练成一手绝活，铁勺煎鸡蛋。找个背人背风的地方，把鸡蛋打在铁勺里，撒几粒盐，然后在铁勺下面烧一两张纸，用筷子飞快地搅动，只一两分钟，鸡蛋液很快就熟成了鸡蛋膏子，用手指头一点点抠下，几口吃掉。

我更喜欢吃江米糕和花团子。所以，偷藏的鸡蛋，多用来换了江米糕。

奶奶邻居家养的鸡相对多一些，而且他们家院门下坎有个很大的缝，可以爬进去。大约我从邻居家偷拿第七八个鸡蛋的时候，被逮住了。奶奶赔了人家十个鸡蛋。然后，我被父亲狠狠地教训了一顿。罚跪，还饿了一顿午饭。

还有一次比较过火的，我把邻居家盖猪圈顶的塑料薄膜整个揭下来，换了十几个花团子，一人一个，分给了我的小铁杆们。当大家吃得正得意的时候，我又被告发了。

那天晚上，我挨了不少巴掌。母亲说，小时偷针，长大偷金，学坏一分钟，学好一辈子，哪怕饿死，也不能偷。

母亲把家里新买的塑料薄膜赔给了人家，揣了几个鸡蛋，带着我亲自登门道歉，说了一堆好话。

这次挨打之后，无论拨浪鼓的声音再响，小贩的声音再动听，我都不敢偷鸡蛋揭塑料薄膜了。8 岁，我开始懂得耻辱的意思。奶奶说："人要脸，树要皮，再偷，剁了你的腿。"

粮食丰收，日子渐渐丰盛，菜里油水多了起来，饥饿的感觉减轻了。

小时候因为吃零食挨打被骂，从小学到高中，我几乎不吃零食。

娘说了，嘴馋的孩子，一辈子都不会有大出息。这句话，我一直记到现在。

专门卖花里团子的小贩，
小贩的货担一头挑着花团子，
一头挑着一个类似于今天飞镖一样的转盘，
连着转盘的是一个发射机关。

长毛兔，短毛兔

农业机械化之后，村子里养大型家畜的就少了。除了养殖专业户养些牛和猪，村里已经没有养长毛兔的了，如果有，也多是养着玩，给小孩子当宠物。

在几十年前，兔子和牛、马、猪、狗、羊、鸡、鸭、鹅的地位一样重要，是家庭经济收入的一部分。

猪羊不用说了，辛辛苦苦养一年，并不舍得杀了吃，大多是为了秋冬时节卖个好价钱。

养鸡鸭鹅，是为了平时吃蛋，或者卖蛋换钱。家里来了重要亲戚或者过节，才舍得杀几只老鸡。为什么杀的是鸡？因为鸡比鸭鹅更便宜些。

养兔子是为了卖兔毛。在刚刚提倡搞活经济的那一年，村里家家户户都养起了兔子。

那时候村里十户有六七户是土墙草顶的老房子，家里人口多的，能盖六七间，人口少的就三间堂屋，两间偏房。

村里也有青砖瓦房的，大多是在外当官或者在城里当工人的家庭。而稍微富有点的人家，盖的是腰子墙，墙脚是石头，中间是土墙，屋顶用瓦，也勉强叫瓦房。

我家比较穷，三间堂屋是土房，厨房、猪圈和牛圈也是土坯垒的。

牛圈和猪圈都盖在院子里，因为牛比猪更值钱，所以牛圈一般用的是偏房。牛比猪贵，如果猪不幸被偷了，损失也只是牛的三分之一左右。

屋子实在太小了，养了那么多的猪狗牛羊鸡鸭鹅，拥挤又脏乱。早晨起床后，第一件事就是扫院子里的各种粪便，如果不扫，根本没有下脚的空。

一年四季，一天到晚，鼻孔里都是种种粪便的气味。即使最勤快的主妇，也不可能把院子弄得一尘不染，除非家里不养任何家畜家禽，这几乎是不可能的。

我们家的牛，夏天拴在院外，上面给它搭一个凉棚，晚上，有一个人专门睡在牛旁边，防止牛被盗。冬天，没办法，只好把堂屋最西头的那一间屋腾空，给牛睡。

牛半夜吃草，屙屎撒尿的声音很大，很腥臊，气味刺鼻，但是，只能忍着。

比牛的屎尿更难让人忍的就是兔子粪了。

现在都不可想象，我家不到50平方米的堂屋，最西间睡了一头牛，中间一间放了两张床，东间放了三张床，还有粮囤和其他生活用品。

其实，除了几只小板凳，五张睡觉的床，几个盛粮食的囤，也没有其他家具了。

没有衣柜，没有桌子，父亲在靠后墙的位置，用高粱秆和泥巴糊了一个类似于柜子与几案的东西，用来盛放书本和杂物。

就是在这么狭窄的地方,我家还养了50多只兔子,最多的时候达到80多只。

这么说吧,堂屋的地上一天到晚都是蹦来跳去的兔子。如果人走得快点,就有可能会踩到一两只。

兔子胆小好动,一点风吹草动,它们就会集体跑来跑去,呼啦一下跑到东间,呼啦一下跑到西间,像开运动会。几十只兔子在脚底下跑来跑去的话,很容易把人给绊倒。

比较恐怖的是,公兔子发情期间打架,它们满屋子相互追逐,慌不择路时,常常会撞翻了板凳或油灯。更可恨的是,饿急了的兔子喜欢啃床腿或粮囤,当然也包括掉到地上的课本和作业。

处在生产前的母兔要做窝衔柴,一天到晚忙个不停。母兔生小兔子还要打洞,在房子里松软的土里挖一个穴。如果同时有十来只母兔生产,它们就能把整个堂屋的地面掏个天翻地覆。

某个早晨,一下床,脚下一软,塌下去一大块,这个下陷的洞里,就有一窝刚刚出生、鲜红肉嫩的小兔崽子。

为了防止意外,母亲会观察每只母兔的状态,在它们快产崽前,在耳朵上用蓝红墨水作个记号,当它们开始做窝时,就及时把它们关进笼子里,不给它们挖洞。

也有一些母兔把窝藏得很隐蔽,等到发现时,它已经带着一队小白兔出来觅食了。这种惊喜常常会让家人兴奋好几天。每只兔子都是潜在的财富,它们身上的毛都是钱。

养兔子最大的麻烦是兔粪,一个晚上下来,地上会铺满黑乎乎一层的兔粪。

在化肥很贵的时候，各类动物的粪便都是宝贝，每家门口都挖一个大粪池，把人和家畜每天的粪便扔进去，堆满之后，挖出来，堆在粪池边，等到春秋两季犁田的时候，拉到地里，作为肥料用。兔子喜欢拉屎，一天能扫好几筐，家里养几十只兔子，能省下不少买化肥的钱。

庄稼一枝花，全靠肥当家，肥料足，庄稼才能长得好。一家人勤快不勤快，都比的是庄稼的长相，比的是门前的大粪堆。

每天早晨把扫成堆的兔粪，一筐一筐地从堂屋里往门前粪池里倒的时候，虽然很累，但多少也带着喜悦的心情。

如果养得好，两三个月就可以剪一次兔毛，一年下来，一只兔子可以剪四五次。

兔毛并不能放到年底再卖，因为久放会打结生虫，卖不出好价钱，而春夏天的兔毛总卖不过秋冬天的，因为冬天的兔子绒毛多，细而长。

养兔子怕生瘟，如果生病，几十只兔子互相传染，几个晚上，可能就全部死光了。

病死的兔子，有时候并不舍得扔掉，扒皮后，就成了一顿不错的美餐。

养兔子最累的是割草，五十只兔子，一天一夜要吃掉一百多斤鲜草。

每天割一百斤鲜草，在夏天还是件很轻松的事，到冬天就麻烦了。所以我们要在秋天下霜前，没日没夜地割草，晒干，为兔子存好过冬粮。

但是，总在快接近春天的时候，干草不够吃的，就要用粮食拌草料喂兔子。如果粮食紧张，兔子的命运就悲惨了，会被杀掉吃肉。

如果兔子繁殖得太多太快，实在养不下，又没有人来买，也会杀了吃。兔肉比鸡肉好吃，细嫩、结实。

到成都出差，有一道名菜，叫麻辣兔头，说明吃兔子还是有传统的。

后来，村里有人从城市引进了比本地兔子高大许多的西德兔子，很多人家开始改养西德兔子。

西德兔子长得大，产毛量高，一只毛顶两三只家兔的量。所以，养西德兔子的人家越来越多，但是，西德兔子毛发粗，卖不上价，过一阵子，大家又都不养了。纷纷杀掉，吃了。

大约 1986 年左右，村里突然流行起刮兔毛的生意。有人从淮北或者宿县贩来菜兔子毛皮，卖给村民，村民把兔皮上的毛刮来下，理好再卖给小贩。其实，就是赚中间的加工费。

菜兔子的毛粗而短，有点像野兔的毛。

每天清晨，把皮毛放进泡着石灰水的大缸里，浸透变软，等到用手可以把毛拔下来的时候，就可以加工了。

刮兔毛的生意最好的时节是冬天，但是，也可以想象，每天赤手从冻成冰凌渣子的水里捞兔皮的痛苦。每个人的手都冻出裂口，手指一根根肿得像胡萝卜。

拔下来的兔毛用清水漂洗若干次，直到弄得干干净净，一块一块叠起，再晾干，就等着收兔毛的小贩上门来收了。

因为有可观的加工费，带皮的短毛兔皮变得非常紧张。

父亲和村里的年轻人一起，骑车往返两百多里地，驮回三尼龙袋兔皮，一下子就赚了将近一百元。一百元，在当时算是一笔巨款。

因为每天都有小贩来村里收购加工好的兔毛，村里人就打起了歪主意，就是在兔毛里面掺棉花。

棉花要先搓成穗，然后用剪刀剪成和兔毛长短差不多的样子，在水洗兔毛的时候，按一定比例掺到兔毛里面。不仔细看，很难发现。

棉花毕竟不是兔毛，因为家家都做假，这种做假行为很快就被兔毛贩子发现了。紧接着就是兔毛的价格一落千丈。

半年之后，收兔毛的小贩在村里绝迹了。囤了大量毛皮的人家，因为卖不掉兔毛，赔得血本无归。

我们家最后购买的兔皮，因为没有销路，就没有进行加工了。那些整块的兔皮，有的被母亲缝成了棉袄的里子，有的做成了鞋垫，放在棉鞋里面，又柔软又暖和。

这是我从记事时知道的第一次为了谋利而出现的大规模集体做假的行为，代价也是很大的，至少有很多家庭把辛辛苦苦忙了几年赚来的钱，又全赔了进去。

后来，兔毛不再好销，家家渐渐都住得上瓦房，买得起化肥了，养兔子又脏又累，不如多养几只羊和猪，村里养猪的人家越来越多，养兔子的就越来越少了。

最后几户养兔子的人家，终于在 1999 年左右，也停止了养兔子。因为，没有人来收兔毛了。

告别了养兔子的日子，也渐渐告别了一段艰难的生活。

小麦与白面

芒种之后，平原上的小麦就争先恐后地由绿变黄了。

金色的麦浪，在摄影家眼里是一幅壮美的图片。在农民的眼里，是等候很久的希望。

麦收时节多风雨，一场不长眼的雨，就可能毁了大半年的心血。遇到连续阴雨天，只能看着熟透的麦子泡在雨里倒伏生芽，心痛到碎。这样的日子，除了蹲在屋檐下唉声叹气，一支接一支抽闷烟，没有别的办法。

当然还是好天气多。大太阳下，麦子熟得快，一天一个样，父亲放学后，骑自行车跑遍每一块地，走到麦地中间，摘一颗麦穗，在掌心揉碎，捏一粒，放在齿间咬一下，脸上漾起开心的笑。

颗粒饱满的麦穗修长而圆润，收藏着阳光的暖意和恩惠。在农业唱主角的年代，麦穗常常出现在各种商标和徽标上，那是麦子的荣耀。

开镰之前，一切准备工作都做好，打麦场一遍遍轧实了，打场用的石磙新做了大框，木锨木杈竖在了房檐下，镰刀磨得锃亮。

人和牲口都吃饱喝足了，等到开镰的那一天，精神饱满地冲到地里。

麦收时节，天气像小孩子的脸，说变就变。天气预报成了大家最关心的话题。如果某一天被虚晃一枪，大家都骂天气预报员懂个狗屁。

麦收时节，学校也会放假，叫麦假。农村学校的老师，都是泥腿子，家里也有地，他们也要忙着抢收。

父亲就是这样的泥腿子教师，他每天的时间，要分出三分之一给庄稼。

无论春夏秋冬，早晨天一亮，他就下地干活，当邻居们吃了早饭下地的时候，他匆匆回家扒拉几口饭，再骑自行车向学校冲去。傍晚，当邻居们收工回家时，他趁太阳还没落山时，扛着锄头背着木犁走到地里。直到看不到田垄，他才会回家。

一分耕耘一分收获，父亲比其他人更在意庄稼的收成，那是他的心血。

收麦的那几天，每天天不亮，父亲就会把我们兄弟姐妹喊起床，大的下地干活，小的在家喂牛烧锅。在贫穷的家庭里长大，我在七岁的时候，就会上灶台做饭了。

早晨的麦子带着露水，秸秆柔软，不会弄断麦穗，而到中午或下午，晒焦之后的麦穗头特别容易折断。

看到满地的断麦穗，人人都会心疼。所以，捡麦穗就成了孩子和老人的活。在老人的带领下，几个人并排，跪着或者坐着，几步挪一下屁股，一个麦穗头一个麦穗头捡进筐里，一个也不能漏。

三四十度高温的太阳下，即使什么活不做，也会流几身汗，更何况要从早忙到晚,把几十车上万斤的麦子拉到打麦场上呢。人能累到什么程度呢,就是赤身往麦芒上一躺,也不会觉得扎得疼。

有一天中午,我拎着茶壶,到地里送水,走到麦捆中间,发现父亲躺在架子车下面睡着了,脸上还爬了几只蚂蚁,他背下是尖尖的小刀子一样的麦茬。他是实在撑不住了,只好往地上一躺,眯一会。

晒了几个夏天之后,我觉得当一个农民真的太辛苦了。我发誓开始好好读书,进城,离开这累死人的破地方。

麦子大丰收,第一件事是交公粮,剩下的粮食,可以卖给粮食贩子,得来的钱,用来还去年秋天买化肥时借的账。

有一年,父亲用卖粮食的钱买来了一头小毛驴。父亲说,有了驴,再干拉土拉粪的活,他就轻松多了。

麦子是一年主要的收成。麦子到手了,一年的口粮就有了依靠。囤里有粮,日子就过得放心些。

麦子丰收了,就可以吃到白面。把饱满的麦子在河里淘净,摊在太阳下晒干,扛到打面房里,加工成白面。我特别喜欢新打下的面粉,散着面粉的气味,手插在面粉里,有些滚烫,也有一些亲切。

头道加工出来的小麦粉是最好的白面,三道之后,因为有细碎的麦麸,就有点类似于杂面了。

吃杂粮馒头的肠胃,在开始吃白面馒头的时候,会有一种说不出的幸福感,白面馒头香甜细腻,充满了嚼劲。

我觉得我的幸福生活,就是从吃上白面馒头开始的。

日子好了,白面馒头也有吃腻的时候,父亲只要看到我们剩饭或者偷扔馒头,往往照脸就是一巴掌。他太心疼面粉了。

以上,是三十多年前发生的事了。

在这个锦衣玉食物质发达的年代,接近城市的土地,一亩地的身价成千上万,所以,它们不可能用来种庄稼种菜,只拿来盖楼。

而远离城市的土地,因为机械化的参与,生产变得容易,小麦和面粉都低贱了很多。

每个城市,从每个餐馆里被扔掉的食物,不计其数。没有人在意一只白面馒头,也没有人在意小麦的成长了。只有那些挨过饿的老人,才懂得粮食的珍贵。

所以,现在写小麦和面粉,像一个老人在讲一个逝去的童话。

淮北乡村的雪天

下雪了，才知道古诗里的玉树琼枝，是多么美妙的一个词。

惊喜总在清晨打开房门的一瞬间发生，院子里，房前屋后，村里的池塘，村外的田野，都被厚厚的雪盖着，熟悉的风景变得陌生。

迫不及待地穿上棉鞋，大呼小叫着冲出去，到没有任何动物脚印、平整得像一块豆腐的雪地里，抓起一把雪塞进嘴里，让寒冷穿透唇齿。快速揉起一个雪团，大吼一声，使劲扔出去。

圈里受到惊吓的鸡鸭发出惊叫，扑棱扑棱跑出窝，被雪光照得不知所措，辨识不了方向，咯咯咯叫了几声，又纷纷退回窝内。那些从没见过雪天的小鸡，也许同样充满了好奇，挤在老母鸡的后面，不知所措。

因为寒冷或者饥饿，圈里的猪在哼哼唧唧地叫，等待热喷喷的早饭。

狗是最自由也最聪明的动物，它们会追着疯跑的孩子们，左冲右突，摇头摆尾，一起在雪里撒野。

大人们没有心情玩雪，每天一睁眼，就要想着忙家务，想着地里的庄稼。

男人们到厕所撒了一泡长长的尿之后，开始寻找扫雪铲雪的工具。女人们洗漱之后，进厨房，升火开灶，准备做早饭。

各人自扫门前雪，扫雪一定要在雪化之前动手，既不拖泥带水，又能扫得干净。扫出来的路，像一条条黑丝带，一家连着一家，直到各家大门前。大家都尽量往门前扫得远一些，连着大路，这样就方便出行和串门。

男人们互相递一支烟，嘴里哈着热气，寒暄着，有一句没有一句地聊着田野里的庄稼，以及可能的收成。“冬天麦盖三层被，来年枕着馒头睡”，雪是庄稼的福音，能冻死害虫，融化后的雪水，又滋润了庄稼的根茎。

扫了路，大人们又开始准备扒房顶的积雪。20 世纪 80 年代初期的乡村，深宅大院很少，土坯草房和少数几间腰子墙的瓦房拥挤在一起，因为居住得相对集中，村子就显得狭窄而热闹。

大多数人家依然住着草房。草房的屋梁和檩条都细，禁不住厚雪，要及时把房顶的雪扒下来。大雪压塌房屋的事情，虽然很少发生，但是总要以防万一。

把箩筐绑在一根长长的竹竿或长棍上，看起来像一个带着长脚的“中”字。房顶的雪掉下来，砸在地上，咚的一声，沉闷的声音，能震到人心里。

孩子总是喜欢刺激的事儿，在房顶的雪团掉下来的一瞬间，从雪团中猛地蹿来蹿去，挑战自己的胆量，有时候雪砸在身上，或者被雪团埋住的时候，会大呼小叫。

大人怕孩子受伤，也怕弄湿了衣服，大声地训斥，追过来，一脚蹬倒在雪堆中。这时候，孩子会老实一会。几分钟后，老毛病重犯，又疯玩了起来。

太阳升起一竿子高的时候，各家的烟囱升起炊烟，如果没有风，青色的烟会直直地升起，像竖起一根根柔软的柱子。

孩子们的欢叫和家畜家禽的叫声，在村里汇成交响曲，传出村外很远，那是生活的气息。

村外的土路上，出门办事的人三三两两地走着，在白茫茫的天地间，远远的，像一个个黑点。那时没有机动车，也没有刺耳的喇叭与马达声，每个村庄都静卧在大雪中，像冬眠的饿兽，像反刍的老黄牛。

扒完房顶的雪，扫完房前屋后的路，勤快的主妇已经做好了早饭，喊一家人吃饭。调皮的孩子早已经在雪里弄湿了鞋袜，难免要挨一顿训斥。腊月天里，如果不是特别大的错，父母也很少打孩子，也许寒冷可以抵消人心底的火气。

记得有一年大雪连续下了五天，雪厚一尺多，人走到雪地里，没了膝盖。因为雪每天下得太大太急，后来，大人们都失去了扫雪的兴趣，任凭大雪没日没夜地落，偶尔有大雪块从树枝或房顶坠落下来，噗的一声，发出巨响，吓得人和圈里的家畜都猛地一怔。

雪一直下，天黑上冻，中午化冻，出门变得困难，男人们三三两两窝在一起打扑克、推牌九、搓麻将。也有赌博的，输了就争得面红耳赤，咒爹骂娘。有时候会打牌到深夜，赢钱的人，会出点小钱，让主人家炒点小菜，弄一碟油炸花生米，几个人喝一场小酒。划拳的叫喊声传出很远，丰沛的荷尔蒙在叫声中得到释放，化去深夜里多余的冲动。

村里有一家开了多年的羊肉馆，羊肉馆的主人叫四意。四意哥是一个勤快的人，他每年夏天都多养几只羊，在冬天里杀了，每天晚上下一锅羊肉面，然后站在村子里，喊几嗓子“鲜汤羊肉面条下锅了”。那些打牌争红了眼的男人们，便揣着一瓶劣质的白酒，踏着雪，三三两两地踏进四意家的门，三毛钱一碗，就着生蒜头或红辣椒油，吃一碗地道的羊肉面条。

四意哥家的羊肉面条很香，香气飘得很远，馋得人想揉碎自己的肠子。

有一年冬天，雪也下得急，在家里无聊，父亲突发奇想，拖着我踏着齐膝深的雪，去四意家吃羊肉面条。

父亲细心地数出六毛钱，摆在四意哥家的灶台上。然后，四意哥从大锅里盛出两碗面，摆在我们面前。地道的羊骨白汤，白面面条，红色的整只辣椒，再配上青青的蒜苗，看在眼里，已经惹人流涎。

快30年了，我每次吃羊肉面的时候，最难忘的还是四意哥家的那一碗。在衣食寒酸的年代，那碗面条，已经深深刻印在我的记忆里，对于并不在意美食的我来说，那是一座里程碑，让我开始喜欢上了吃。

多大的雪，都有停的那一天，也总会出太阳。太阳出来后，雪就飞快地融化，只消四五个日子，地上的雪就化得没有了踪影，天地恢复如常，村庄又变成黑黢黢的模样。

田里的雪会比村子里的雪化得慢些，被雪盖着的麦田，慢慢露出绿色，生机盎然。

村庄、小河、池塘和田字格一样的庄稼地，在雪将化未化的时候，共同涂抹出一幅淡墨山水，这样的景象，是淮北平原里，最惬意也最抒情的时刻。

下雪了，
才知道古诗里的玉树琼枝，
是多么美妙的一个词。
惊喜总在清晨打开房门的一瞬间发生。

交 公 粮

麦子打下来，晒过两个太阳，就要准备交公粮了。

队长和大队书记，一天到晚都要在村里的大喇叭里喊好几遍。

从来都是威胁的口气：过几天几天，必须交齐，交不齐，逾期超过一天罚多少钱，超过两天罚多少钱。

穷怕了，听到罚钱，人人都心惊肉跳，小腿肚子转筋。

大队书记是村里的最高权威，几个村庄，几千口人都得听他的。他说的话，就是规矩，就是条例，就是标准。

书记的权威，一半靠苦口婆心地劝，一半靠声色俱厉地吓。

村民们将气愤憋在自己肚子里，等书记的背影走远了，再狠狠地啐一口痰，小心地嘟哝几句。

麦子收到家里，借来大秤，一尼龙袋一尼龙袋过秤，把要交的公粮码在一起，等到队长或书记发话的那天，用架子车拉到粮站。

很多要交的税费、集资款、村提留和乡统筹，都早早折算成了小麦，以粮抵钱。

没有人对这种折算提出过异议,因为大多数的村民,除了粮,真的掏不出什么。

一年靠养猪养羊卖鸡蛋或青菜挣的钱,要给孩子上学,要给老人看病,还要留些用于亲戚间的走动,用作人情份子。

要把收成的四分之一甚至三分之一交给粮站,有点舍不得。装粮食的时候,就想掺点假,把差一点的,和带点土和麦糠的麦子用来交公粮。

胆子大一点的,甚至敢把小砖头掺在袋子的正中间。人穷声短,心黑有时候是被逼的。

方圆几十个村的人,要集中在几天内交公粮,留给一个村庄的时间只有一天,甚至半天。错过了时间,就非常麻烦。要么托关系加塞,要么等着逾期罚款。

交公粮的头一天晚上,父亲会把用来拉粮食的两个架子车车轱辘检查好,把车胎的气打足,把要交的公粮一袋袋过好秤,整齐地码在一堆。

天还没亮的时候,母亲已经起床早早地做饭,父亲带着大哥和二哥,一袋一袋地把粮食扛到院外,装车。

等车装好,饭也做好了,几个人围着一盆菜,狼吞虎咽地吃。用竹篮装几个馒头,再拎一铝壶热水,我也和两辆架子车一起出发。

一辆架子车能装十袋左右粮食,加起来有一千五百多斤。两车就将近三千斤。

大哥和二哥一个车,大哥在前面拉,二哥在后面推。父亲和姐姐一个车,父亲在前面拉,姐姐在后面推。我负责背着馒头拎着水。

粮站离家不远，四里多路。走得快半个小时就到了。可惜走不快，大哥二哥年纪也还小，一个 17 岁，一个 11 岁，根本拉不动。走得很慢，拉一两百米就要歇一歇。

走着走着太阳就升起来，热辣辣的很毒，晒得背上像火烤，像很多只蚂蚁在背上爬。

我低着头，一脚一脚踩着自己的影子走。汗珠滴下来，砸在影子里，进了眼，蜇得生疼。

每家都想抢先，排在前面。所以，走着走着，路上已经布满了架子车和人。都想往前面跑，公路上车挤人，人挤车。

在村里，总有人起得比你还要早。当我们接近粮站的时候，前面的架子车已经排了二里多路。

交掉一车粮食要十几分钟，盘算下来，一二里长的队伍至少要等到中午了。

一开始排在队尾，慢慢就成了队中，心情就好了些许。

太阳渐渐高升，九十点钟的太阳，照在身上，已经似针扎一样的难受。每个树阴下，都坐满了人，巴掌大的树阴，都有人要去抢。不敢离车子太远，怕有脸皮厚的人加塞，怕有人偷粮。要留一个人在车子跟前看着。车子都排在路边上，巧了，就有树阴，不巧就在大太阳下，人只好蜷缩在车子下面，铺一只袋子，躺着。

天气一热，人的脾气就变坏，有时候，会为了一个车位争吵或者打架。

排队的时候，就盼着质检员过来。

质检员戴着草帽，端着茶杯，手里拿了一根尖细的中空钢钎，往粮食袋子上猛戳，抽出，倒在测量仪上，称重，测干湿。

麦子能不能出个好价格，全靠质检员一张嘴，他说几等就几等。每个等级之间，要差不少钱。有时候，甚至能差出几十上百元钱。

好粮食卖个孬价格，当然不愿意，胆子大的人就围着质检员吵架，骂骂咧咧。胆子小的人，只好不停地赔笑脸递烟，求给个公平的价格。

粮站的质检员大都是本地人，四邻八乡都认识，但这个时候，就分出了远近。有关系的，沾亲带故的，自然手下留情。平时点头之交的，人家当然就是公事公办的脸。

粮站有门好亲戚，成了每个交公粮人的心愿。托关系，开后门，八竿子打不着的亲戚，只要沾得上，都用得着。

每当看到一个本来排在队尾的人，拉着车子，一下子蹿到了最前面，就知道他家里有人，找到关系了。其他人，也只好敢怒不敢言，话说多了招灾惹祸，轮到自己的时候，压价发难是肯定的。

父亲是个穷教师，脸皮子薄，拉不下来脸子求人。

从早晨九点排到下午一点多，还没轮到我们，从家里带的馒头早凉了，硬了，好在铝壶里的水，已经被太阳晒得滚烫。

父亲带着我们围在树阴下，就着咸酱豆，吃冷馒头，喝晒热的开水。

终于，到下午三点多，才轮上质检。质检员本是我父亲教过的学生，这时候，他是手中有权力的人，走过来，并不喊老师，而是喊父亲“老于”。

我父亲也不敢多说，只是赔着笑脸，递上新买的好烟。给每个粮站的工作人员都递，也不管人家接不接。

质检员也没说什么，顺手定了还算公平的级。因为我们家的麦子确实弄得非常干净，父亲说，高一个等级，就多几十块钱，掺一点土，看似占了便宜，万一降一个等级，就亏多了。

过秤，缺斤少两，也并不敢多说一句。亏就亏一点，都排了一天了，人早就疲劳不堪，就想着早早结束，回家。

过了秤，一袋一袋，扛进粮仓，站在高高的梯子上，倒在大铁筛子上。过了筛子后，粮食像水一样，通过传送带，进了仓库，千家万户的粮食，在仓库里团聚，团结得就像一家人。

倒完粮食，票也开出来了，薄薄的两张纸，要在明天交到大队部，充抵欠下的税费、集资款和三提五统。

20 世纪 80 年代，交了很多年的公粮，但是几乎并没有什么钱最后回到辛苦种了一年又一年庄稼的农民手里。

后来，公粮取消，粮站也关门了，老粮站的房子被闲置，慢慢地长草，一段往事也烟消云散。

买 飞 子

我们村里，发票和收据一律都叫“飞子”。

1978 年，家庭联产承包责任制后，接下来的十年，农村变化很快：新房多了，马路宽了，身上新衣服换得勤了。新人结婚的嫁妆，从“三转一响”（三转为自行车、手表、缝纫机，一响是收录机），开始变成黑白电视机、大型组合家具、摩托车，甚至四轮拖拉机。

很多普通人家也有了像样的家具，如大小餐桌、实木连椅、带穿衣镜的大衣柜和两三米长的大茶几，出行的交通工具从自行车换成了江铃或幸福 125 摩托车。家家房顶上竖起了电视天线，一到傍晚，电视机叽里呱啦的声音响遍村庄。

农村经济持续增长的势头，在 20 世纪 80 年代的末期开始渐渐放缓，多达一两百项的各种税费和提留款越积越多，种地开始赔钱。缺少劳动力的人家忙了一年，还要赔上几百块钱。

彼时，农民的收入全部靠种地，春夏两季作物，夏季是小麦，秋季是大豆、玉米和红芋，这是主要的粮食作物，用来吃的。除了粮食作物，每家每户要种一定的经济作物，比如油菜、棉花、芝麻、花生，或者桔梗、白芍、小红花等药材。

县、镇、村三级的财政要靠农民种地上缴的税费。架桥修路兴修水利等各种公益事业，教育附加费，各种开支，都要靠农民负担。后来还有环境污染治理费，生猪屠宰税等。

每天，村干部一半的时间，都用来走村串户上门收钱。没有钱怎么办，扛粮食，牵猪牵牛来抵。猪牛都是农村人的重要的收入来源和生产物资，没有办法，只能四处借，今年借明年还，明年借后年还。借了亲戚借邻居，本村邻居借光了，就到外村借。这一段时间，也是农村干群关系最为紧张的时候。

有几年，行政村要求家家户户种棉花，秋末冬初，棉花收获，到指定的收购点卖籽棉。有几年，还要求把籽棉打成皮棉。其实，老百姓喜欢卖皮棉，因为籽棉轧下来的棉籽可以轧油，棉油和棉籽饼都可以食用。

收购点收购棉花后，开收据，但并不付钱，因为钱被行政村扣下来，上缴。

种棉花特别费事，春天育苗，初夏移栽，苗长一尺多高，就要不停地打药、逮虫、施肥、打枝，极费精力，如果家里人手少，根本照顾不过来。棉花怕连天阴雨，是收成最不稳定的经济作物。

我们家人手少，虽然按要求种够了棉花的亩数，但是，实在没人打理，产量低，冬天来了，离村里要求的斤数，还差一百多斤，按村里的要求，缴不够斤数，就要罚款，罚款的数额是规定任务的两倍或者数倍。

要完成任务，只有两个办法，花高于收购站的价格，向家里有余棉的人家购买，然后再卖到收购站，一斤要赔上几毛甚至块把钱，一百斤就要赔上近百元，那时候，一家人全年的收入不过几千元。

还有一种办法：买飞子。

人手多的人家，棉花产量多，留下十几斤用来打棉被和织土布，剩下的也会卖给收购站，超额卖给收购站的部分，就可以转给其他没完成任务人家的头上。没完成任务的人家，根据需要购买别人家超额的部分，就叫买飞子。

棉花减产的年份，飞子很紧俏，收购站开票的窗口，围满了一堆面容愁苦来买飞子的人。手里飞子多的人，一脸荣光，这时候，也不讲亲情和邻居关系了，谁给的价高卖给谁。

买飞子虽然吃亏，总比出几倍的罚款好。

有一年，我们家棉花被夏天的雨水淹了，没有完成棉花上缴任务，父亲发愁，每天一下班，就骑着自行车跑棉花收购站蹲点。口袋里装着好烟，见有人来卖棉花，不管认识不认识，就上前递烟搭讪。

后来，收购站都快关门停止收购了，父亲还没买到飞子，他愁得彻夜难眠。村里有人说，离家几十里外的一个收购站，还在收购，那个地方的棉花丰收了，家家都有余棉。父亲连夜骑自行车去买来一百多斤棉花，第二天，在收购站快关门的几个小时前，终于完成了上缴任务。

后来，聪明的人从这中间看出了商机。有一年，一个邻居跑了十几个收购点，跑了几天，买了一张一百斤的飞子。正准备把飞子交给村干部的时候，派出所的民警来了。

原来，邻居买的是假飞子。那个卖飞子的人，看准了飞子的价值，竟然自己偷刻了公章和财务章，托人从城里买了收据，卖了几千斤的假飞子。东窗事发，那个卖假飞子的人被公安局逮捕了，邻居家的几百块钱也打了水漂。

棉花有棉花飞子，生猪有生猪飞子，还有油菜籽飞子，一张张纸条，决定着一家人的幸福。

邓小平南方谈话之后，计划经济大步向市场经济迈进，城市向农村敞开了大门，村里的青壮劳力呼啦一下都涌进了城市，有捡破烂的，有卖煤球的，也有租摊子卖菜的。只要肯卖力气，城里一个月挣下来的钱，抵得上在家种一年的庄稼。

农民工进城，乡村迅速被掏空了。生活方式和思想，也开始发生根本性的巨变。这个变化，影响了中国现在的发展，也将继续影响着未来一百年中国人口的流动与城乡结构。

1993 年，粮票取消了，2006 年，实行了几千年的农业税取消了。农村经济改革一步步向前推进，各种苛捐杂税没有了，农民的日子一天天向城市生活水平靠近。现在，种田不但不用交公粮，每年一亩地还有不少补贴，生活发生天翻地覆的变化。

买飞子的事情，也许会永远成为历史。无论美好或丑陋，无论悲伤或欢乐，历史总得有人记住。

买飞子的事情，
也许会永远成为历史。
无论美好或丑陋，
无论悲伤或欢乐，
历史总得有人记住。

铺砂礓路

没修“村村通”的水泥路之前，村里的大路都是砂礓或者煤矸石铺的石子路。

土路不硌脚，但晴天一身灰，雨天一身泥。只需要半天的雨水，村里的土路就会变得泥泞不堪，走不了人，拉不了车。人走得多的地方，湿泥地会变成糊糊状的油泥地，脚插进去，半天拔不出来。

后来，为了出行方便，村里开始修砂礓路。砂礓是就地取材，只要是几年前新开的沟渠，翻到岗子上的黄土里都有。

皖北平原，挖开两三米深的黑土后，再向下是黄土，向下挖七八米就是黄瓣土，黄瓣土下面是砂礓和黄沙。挖到黄沙的时候，就有泉眼向外汩汩地冒水。平原的沟和河，就是这么挖出来的。当然，那是很多年前地下水没有超采的时候。现在，向下挖十来米，已经不可能挖出来泉眼了。

被搬运到沟河岗子上的砂礓，经过风吹日晒，露在泥土外面，很好拣。砂礓比石头脆，比土硬，盖房子时可以用来垫地基，也是铺路的好材料。最关键的是，它不用花钱买。

要想富，先修路。路是人外出和货物运输的通道，没有一条像样的路，外面车和货物进不来，招不来外财。

20世纪80年代，分单干后的那几年，当几辆运化肥和送种子的卡车陷进我们村头的泥巴地里时，大队书记决定在全大队掀起铺砂礓路的高潮。

书记召开群众大会，给每一户分配修路任务。除了轧路机需要花钱，其他的都要农民自己动手干。

修路的第一件事，就是捡砂礓，按人头，每个人要完成多少立方米的捡砂礓任务。没有人手，完不成的，要罚钱。有一条比较人性化，十岁以下的孩子和60岁以上的老人没有任务。

任务就是命令。分好任务的第二天，大家就拉着架子车冲到了沟岗子和河边，开始捡砂礓。一开始还好捡，一天一车，拉回家，堆在门口。

捡着捡着，地面上的砂礓就没了，这时候要开始到有水的地方挖了，顺着沟渠，在水里打一个围堰，用铁锹或者抓钩，向深里刨。挖得越深，刨出来的砂礓越大，越多。但是，这需要花很大的力气。特别是冬天，站在冰冷的泥水里，哈出的气都是白的。手磨出血泡，脚板冻得开裂，一天才能刨出一车砂礓。

近处的砂礓捡光了，河道也挖得差不多了，就要跑到别的村庄去捡。有时候，甚至要拉着架子车跑十几里路。早晨迎着朝阳出发，傍晚顶着晚霞回来，一忙就是一天。中午，就在河边，在水里随便洗洗手，就着咸菜，喝点暖水瓶里的开水，啃几口馒头，凑合一顿。

每天傍晚放学，我扔了书包，就要跑到沟岗子或别的村的河边，找姐姐和母亲，她俩在刨砂礓，我要帮着把一车子的砂礓往家里拉。一般是姐姐在前面拉，我和母亲一左一右，在旁边推。有时候，父亲放学后，骑了十几里的自行车也过来帮忙。他那时候正是中年，力气特别大，一个人就可以拉起七八百斤的砂礓。

最辛苦的是那些拖家带口的人，有的人家怀里抱着还在吃奶的，车子里坐着刚会走路的，一家人走很远的路，去捡砂礓。大冬天的，孩子冻得哇哇叫，大人和孩子都受罪。可是，为了完成任务，不得不坚持。

如此辛苦，都是因为怕罚款。毕竟，手里仅有的几个钱，还要想着买柴米油盐，想着给家人添衣服，为破旧的房子添几块砖瓦。

忙了十天半个月，甚至一两个月，才能凑齐要缴的任务。把家里的砂礓一车一车地拉到要修的公路沿上，仔仔细细地垒成立方体，等着干部们拿着皮尺来量方。多了，并不补钱，少了肯定要罚款。

亲戚帮亲戚，邻居帮邻居，也有好心的人家，把自家多出来的砂礓，免费赠送给没有完成任务的人家。受赠的自然很感激，就请一顿酒菜，或者欠一个人情。

有钱的人家不费力，雇来四轮拖拉机，到很远的山上买山盖石，或者到几十公里外的煤矿上买煤矸石，一车车拉来，充任务。

一户户的砂礓摊到路上，堆好，大型轧路机突突突地一趟一趟地来回轧，没几天，一条宽敞平整的砂礓路就出来了。骑自行车或者拉架子车走在上面，感觉很舒服。

有了砂礓路，下雨天，再也不怕溅了一身泥水。有时候为了走好一点的砂礓路，宁肯多绕十几里。

大约三四年的工夫，我们村前村后，横平竖直地都修了好几条砂礓路。因为路修得好，被树为县里的典型，县里和乡里的干部，坐着绿色小吉普，一队队地来参观，号召全县乡村向我们村学习。

砂礓路怕大车轧，只要两三年，就变得坑坑洼洼。干部们又开始下任务，大家又在大冷的天气里，开始新一轮的捡砂礓，铺路。

有一段时间，淮北煤矿拉煤的车，看上了我们村西头的砂礓路，一辆辆从村头过，轧坏了我们辛辛苦苦修的路，村里人心疼，拦住大车不给过，就在路上弄了两个大石墩子。上级知道了，说修路是为了致富，不能拦路，没几个月，又给强行拆除了。当然，轧坏的路，还要我们自己修。富的是煤贩子，不是老百姓。

因为刨砂礓，毁了不少河道和沟渠，干部们又下达任务：挖河修渠。于是，一个个冬天，又要忙个不停。

河沟岗子上插着一队队红旗，大喇叭里放着歌曲和泗州戏，干部们每隔一两天，就公布一下各村的进度，进度慢的村子和人家，一定会被大喇叭点名，会被骂。

路修平了，河整齐了，干部们又想起了要给树刷白石灰，大搞高温堆肥。总之，人不能闲着。闲着，就喝酒打牌，打牌输了就喝酒，喝多了就打架。

冬修水利、铺路或者修路，这样忙碌的生活，一直到农民工大举进城才结束。

年轻人走了，村庄就空了，成千上万的人一起集体修水利、铺公路的场面从此消失了。

有了钱，乡村才会日新月异，砂礓路变成了水泥路，水泥路又开始白改黑，变成了柏油路。

一条条水泥路铺到了家家户户的门前，出行开小汽车，或者骑摩托车，一切都变了样。几十年的变化，像一场电影，有艰难的开头，曲折的铺垫，现在似乎接近圆满的结局。

天气渐凉，挖沟打塘

农历九月，当白霜盖满路边衰草，田野再次被浅浅的麦苗覆盖，农活基本上也接近尾声了。

1985 年前后，中国大部分的乡村，仍然处在农业机械化开始的前夜，皖北乡村，很多重体力劳动，需要人畜全力配合才能完成。

为了增加收入，发展家庭副业，家家户户都像一个小型动物园，除了猪羊猫狗鸡鸭鹅兔，每家至少要养一头牛、马、驴或者骡子，耕地或者拉东西，要这些大型家畜。它们在家庭中的地位，相当于一个劳动力。

从早到晚，村子里鸡飞狗跳，叫声嘈杂，让人心烦，但又充满生机。

力气越用越有，身体越用越强壮。田里的农活，全靠人力，长年在太阳下风吹日晒雨淋，农人的脸和背，都晒成了古铜色，黑里透红。壮年的乡下男人，都有一双钳子一样粗壮有力的手。壮年女人也不娇气，一百多斤的口袋，手一提，一甩，就到了肩上。

田里收种一毕，人和家畜越冬的粮草囤好，天气冷起来了，冬修水利的大幕，也悄然拉开。

哪条河需要加宽加深，哪个池塘需要清淤，哪块田里需要打新机井，村干部早在几个月前，已经规划好并分配好了任务。

村前村后的沟渠，大多数都是人工挖出来的，几年，十几年后，深沟变浅，宽塘变窄，需要重新开挖。

某一天清晨，村头的广播把全行政村的人，都喊到学校的操场上，村支书坐在铺着红布的主席台上开动员会。说是动员会，不如说是带着粗口的威胁，如果完不成任务，要罚款罚粮食。在农村做工作，一般都是先说好话，然后再动粗，先软后硬。村支书经常挂在嘴边的话是：派出所又不是拴老驴的。意思是，你不听话可以，派出所的人会来收拾你。

开过动员会，就开始抓阄，村干部根据抓阄顺序号，把工地按人头用折石灰平均画好尺寸。

分到地段差的人家，自然心生抱怨，骂骂咧咧。但是，只能怪自己手气差，活还是要干的。

新买的铁锹，新置的土筐，都一一拿到工地上，早一天动工早一天结束。后挖的会挡住上游流下来的水，或者水会积在自家工地上，在水里干活，又湿又冷，所以，都抢着挖。

一锹一锹地挖，一筐一筐地往堤上运，家里青壮劳力多的自然速度要快很多，孤儿寡母的人家，只有干瞪眼。这个时候，生一堆女儿的人家，男人开始发火，骂女人肚皮不争气，生不出男劳力。

上了工地，没有人惜力气，一袋烟工夫，就有人甩掉外套或者棉衣，开始光膀子干活了，汗流在背上，头上冒着白色的热汽。女人也一件一件地脱，直到剩下贴身的衣裳。

有时候为了抢时间，男人们就在工地上吃饭，老人或孩子，用篮子装了饭菜，提到工地上。上碗扣着下碗，如果工地离家不远，饭菜都还是热的，就着菜，吃几口大馍，喝几口热汤，就算吃了一顿午饭。家里条件不好的，就只能用大馍夹几根咸菜，喝几口热开水，凑合一下。

用的都是力气，每个人都仿佛有惊人的食量，一顿午饭吃五六个大馍或者十几个烙馍的男人都有。

如果工地离家几十里路，一般就会几家人合伙干，在工地上用塑料薄膜搭个简单的棚子，棚子里铺上一层麦秸，再铺一床棉被，就是简单的家了。这样的工地上，吃住不方便，所以女人比较少。如果有女人，她们不但要干体力活，还要负责一日三餐。每天饭点的时候，工地上都会升起竖竖直直的烟。

没有机械，整个工地上是密密麻麻的人，工蚁一样在河堤间上上下下。现在，只有在一些历史老照片里，才能看到这种人海战术的场面了。

和左右邻居相比，我们家太缺劳动力了。彼时，我们家兄弟姐妹五六个，都处在蹒跚学步或者读书的年纪，父亲在离家十来里路的小学教书，每天早出晚归，母亲每天到工地上挖土方，堆在一起，等父亲放学回来，他才能去把那些土，一担一担挑到堤上。

父亲 40 来岁，正值壮年，有力气，但是没有时间。他只能在上学之前和放学之后，才能匆匆忙忙到工地上干活。冬天天黑得早，也亮得晚。每天早晨，天还没有亮的时候，父亲就早早起来，骑自行车去了工地，一锹锹地挖泥，直到别人开始上工的时候，他才匆匆忙忙回家吃几口饭，又快速地向十几里外的学校奔去。晚上放学，趁天没黑赶往工地，一直挖到伸手不见五指。

父亲总是工地上最早上工，也最迟下工的人。像父亲这样的泥腿子教师，是村里最辛苦的人。一个人要干两个人的活。

每年的冬修水利，都要到腊月上冻前后才能结束。上了冻的泥和土，冻得像石头一样，一锹下去，只能铲出一个白印子，虎口震得开裂流血，一天才能挖几方土。有一次周末清晨，母亲安排我去工地喊父亲回家吃饭，我见到父亲的头发、眉毛和胡子上，都粘满霜花。那一天，我觉得自己应该快一点长大。

差不多每一个工地，我们家都是最后完成的几户人家之一。队长虽然有些生气，但是他也没有办法。因为每家都有任务，即使有钱，也请不到帮工的人。有几年，母亲看着父亲实在太累，就把我舅舅喊过来帮忙。

20 世纪 90 年代初，冬修水利的活越来越少了，紧接着农民工进城打工的浪潮来了，村子里的青壮劳力，仿佛一夜之间都离开了。

自此之后，冬修水利的人海战术场景就没有了。现在，依然会有挖沟打塘的事情，只是，都用上了大型挖掘机，只需十天半个月，一条宽阔而平整的小河，就变了模样。

机械的应用，改变了人工劳动的场面，而经济的发展，彻底让农村从里到外都发生了翻天覆地的变化。

唱大戏

我在合肥大西门安徽省团校读书时，一墙之隔是美丽的西山公园。

傍晚，西山公园那头狮子雕像旁的凉亭里，经常围坐着一群老人，有人拉胡琴，有人打板，有人咿咿呀呀地唱庐剧。第一次听到这种带着哭腔的戏，非常的不习惯，心里奇怪：怎么还有这么难听的戏？

我坐在旁边，竖着耳朵听了半天，就想听懂他们到底在唱什么。

庐剧用的是合肥地区方言，像我这种外地来肥的学生，一下子很难听懂。

天气越热，听戏纳凉的人越多，最多的时候，竟然有百十号人来听，唱戏的也好像换成了专业的演员，化妆并戴着行头。

和听演唱会不一样，台上的一句刚落，台下，就一齐喊一嗓子："好！"第一次听到这么齐的叫好声，我以为是台下有人捣乱。

我喜欢听戏，缘于童年时的熏陶。

30年前的农村，没有今天这么冷清，一年四季，满村子的人，大人忙昏头，小孩闲捣蛋，加上满村的家畜家禽，犹如大合唱。

冬天来临的时候，乡亲们备好过冬的柴粮，庄稼在地里慢慢地长着，炊烟无绪，漂浮在低矮的村庄。如果冬天不兴修水利，那么，整个冬天都可以在散扯和晒太阳中度过。

向阳的墙角，总是蹲满了人，男人抽着很长的烟袋，或卷成炮筒的旱烟，谈古论今。女人纳着鞋底儿，东家长西家短地聊天。总之，没事也想办法弄出点事，然后开始骂架，打架。

除了闲拉呱，唱大戏和看电影是逢年过节婚丧嫁娶甚至整个冬天最隆重的娱乐活动了。

请大戏的人，要么是家里得了儿子，娶了媳妇，要么老人过寿，都是喜庆的事。

一场大戏，短则两三天，长则十来天，一台接一台，一折接一折。

“拉大锯，扯大锯，姥姥门前唱大戏，接姑娘接女婿，就是不让小外孙子去……”每当大戏开锣招呼人的时候，爱凑热闹的小孩子，就扛着一条小板凳，雷打不动地在戏开场两个小时前抢位子，看红脸的汉子和甩水袖的娘子，在舞台上追来赶去，直到双眼困得像上了铅坠，趴在地上睡着了。

碰到出名的角，戏迷们就跟着戏班子跑，一个村接一个村的跟着，有的人甚至抱着小板凳奔走数十里上百里。

小说里说，有的姑娘跟着唱戏的跑了，这一点都不奇怪。这是那个年代的追星。

戏有剧情，人会不自觉地沉进那些远古的故事中。跟着剧中的人物，开怀大笑，也陪着落下了眼泪。

淮北地区的戏比较杂，有豫剧、泗州戏、琴书，偶尔也有黄梅戏。

豫剧最熟悉的段子有《打金枝》和《朝阳沟》，《打金枝》唱得最好的是河南人刘忠河，他有个外号叫“豫东红脸王”。

多少年后，我无论在哪里，只要听到“有为王，那个坐江山啊，非容易”，身上就会情不自禁地起鸡皮疙瘩。

智能手机出现后，我在手机里存了马金凤的《穆桂英挂帅》、常香玉的《花木兰》、牛得草的《七品芝麻官》，再有一个就是刘忠河的《打金枝》。

和豫剧一样，泗州戏《撕蛤蟆》和《拾棉花》也很流行。特别是《拾棉花》，这出打情骂俏为主的小戏，生动而形象地描绘出农村青年男女搞对象的羞涩和大胆。这些小戏，唱词并不是十分固定，有时候被演唱者随意添油加醋，净角还会对旦角动手动脚，以图增加笑料。

常常是这样的场面：一盏昏黄的汽油灯下，数百人围成个圈子，土坯和木板搭成的戏台子上，人影晃动。冰天雪地中，人群发出阵阵开心的哄笑，笑声从村的这头，传到那头。

如果是村里公款请戏，一般戏班子会来十来口子人。演员们分散住在几户人家里，吃饭，就一家挨一家地轮。吃住都折算成钱，算是付了费用。而那些没有轮到的人家，到时候会按家里人头数，给一些粮食。嗯，戏班子一般不直接要钱，只要粮食。

有时候，戏班子会住在大队部提供的办公室里，没有床，一二十个男女，包括孩子，只能把被褥铺在麦秸上睡。

每天，他们八九点钟起床，洗洗脸、吃吃饭，然后开始摆开阵势，化妆。从十点来钟就准备开始唱戏，唱到吃中午饭。下午，三点钟吃过午饭，继续唱戏，一直唱到夜里十来点钟才休息。

有一年，一个长相非常俊俏的年轻女演员，分到我们家吃派饭，母亲天天想办法做最好吃的给她吃，她很感激，嘴很甜，大婶大婶地叫个不停。女演员早上化好妆，上午唱戏，中午和晚上来吃饭，脸上的妆和头上的凤冠也不卸，很美。

她演的是一个受气的小丫鬟，在舞台上被贵妃用鞭子打，她来吃饭的时候，我觉得她命好苦，同情她，希望她能多吃点。当那个演贵妃的老太太来吃饭的时候，我就对她没有好脸色。

戏班子的演员，大都是穷孩子出身，能吃苦，懂脸色，见了老人喊爷爷奶奶，见了中年人叫叔叔婶婶，人家高兴了，做饭的时候，就会多加些白面和鸡蛋。大方的人家，有的甚至会上街割一些肉，做给演员吃。

冬天天冷，演员穿得少了，容易生病，有的演员感冒发烧了，也不能休息，抱着病上台，直到挺不下去，才舍得休息。

和北方那些需要红着脸吼出来的戏不一样的是，地理越向南方，气候越温和，戏也就越阴柔，比如苏州评弹、越剧或者沪剧，每句戏词出来，都九缠十八绕的。

北方的戏，让人热血沸腾；南方的戏，让人越发的沉静。流行于河南周口地区的越调，最有名、流传最广的当属申凤梅演唱的《诸葛亮吊孝》。在20世纪80年代中后期，它流传到皖北地区。而黄梅戏，除了一句“树上的鸟儿成双对”之外，大家都再唱不出其他了。

仍然回过头来说大西门听戏的场面。

连续听了几个晚上的戏,我才弄懂了庐剧的唱腔规律。对于一个完全听不懂合肥土话的北方人来说,就像听意大利歌剧一样难。

那几个晚上,他们唱的戏,一个叫《张万郎讨饭》,另一个叫《逼儿休妻》。哭也似的声音,都是苦戏。

学校东门有一个小饭店,每次去吃饭的时候,总能听到老板家的客厅里经年不断地传出咿咿呀呀的庐剧。老板的老娘是个掉得只剩下三颗牙的老太太,她一天到晚蜷在一张藤椅里,半眯着眼,很沉醉地听戏。

真喜欢戏的人,可以把一折子戏听上千遍万遍,甚至听一辈子都不会觉得讨厌。

和古诗词一样,听久了,戏就真的融进血液里,无论身在他乡何地,听到熟悉的锣鼓,熟悉的唱腔,就像见到了故人。

多少年了,我耳边一听到豫剧和泗州戏,就会冷不丁地身子一颤。这也是少年时埋下的种子。那些声音,已经深藏在记忆里,没有损失,从未忘记。

虽然我会唱的流行歌曲屈指可数,但是,有些戏听了几句后,却能记在心间。

源于农业社会的戏曲,也是中国的根,是融入血脉的基因,是锁于脑海中的魂。

只是,在世界经济一体化的过程中,它们孤独的背影渐行渐远。

戏是根植于乡野的旋律,是文明古国陈旧的符号。

常常是这样的场面：
一盏昏黄的汽油灯下
数百人围成个圈子，
土坯和木板搭成的戏台子上，
人影晃动。
冰天雪地中，
人群发出阵阵开心的哄笑，
笑声从村的这头，
传到那头。

盖新房，娶新娘

吃饱穿暖之后，人最看重的就是房子。很多人为了一套豪宅，付出了半生甚至毕生的心血。

除了那些当文物保留下来的房子，历史上，兴兴废废，拆拆建建，宫阙万间都作了土。没有什么不能被时间摧毁。

房子是遮风挡雨的地方，是心灵的归宿。平民要遮风避雨，权贵需要彰显身份，大家都需要一套房子。

所以，无论古今中外，人类对造房子的热情，从未减退过。

从物质贫乏的计划经济时代，到如今迈向全民小康的新时代，中国城乡面貌焕然一新，几十年的时间，大江南北山河依旧，变化最大的就是不断生长的房子了。

30 多年前，我们村里的房子还是一排排低矮的土坯草房，在 20 世纪 80 年代慢慢变成了一排排青砖红砖的瓦房。现在，遍布田野和道路两侧的，都是小楼房了。有钱的人家开始盖三层四层的亮光闪闪的小洋楼，从气势和规模上，不输欧美。豪宅和豪车，成为农村人追逐的新目标。

农耕年代，需要劳力，重男轻女是必然的，一是传宗接代的思想作祟，二是为了应对田里繁重的农活。

1980 年之后，虽然实行了严厉的计划生育政策，很多人家，还是冒着极大的风险，顶风作案，要生出一个宝贵的男孩。

生男孩随之面临的压力，就是要在孩子成人之前造一套新房。

无论在哪个年代，建一套符合时下潮流的新房，都不是一件容易的事。在财力有限的时候，这几乎要一家人团结奋斗很多年。如果一个家庭生了五六个男孩，这也预示着这家爹娘要付出更多的辛劳。

很多时候，多子多福，是有钱人家才配说的话。

我们村里打光棍的人，大多出自兄弟很多的家庭。父母穷尽一生的力量，再也盖不出新房，剩下的孩子只好自求出路。种田并不能让人暴富，没有钱，意味着一个男人将要孤独终生。

我家兄弟三人，父亲是个乡村教师，虽然贫困，但是父母咬牙供我们几个读书，跳出“农门”，意味着有更好的出路。但是，在我们成年之前，父母还是省吃俭用，为大哥和二哥各盖了一个院子。

为大哥盖第一套新房的时候，我们家还欠不少外债。为了省钱，在父亲的带领下，我们在荒土岗上，砌了一口砖窑，自己做砖坯子，自己烧砖。有两个夏天，我们兄弟几人就顶着火辣辣的太阳，一天忙到晚，连续数月的劳累与烟熏火燎，烧出了将近两万块砖头。

毕竟不是专业的窑工，那些砖头青一块红一块的，砌成墙的时候，有点现代艺术作品的味道。

盖房的木头是自己家房前屋后种的树，用的砖瓦是自己烧制的，再加上盖房的时候，打下手的都是自己家亲戚，除了几个泥瓦匠，那时候，是不用花多少钱的。

大哥在这套瓦房里娶了嫂子。那时候，定亲的重要条件，就是要有一套新瓦房。

2000年前后，村里的青砖瓦房跟不上形势了，外出打工的人多了，挣到钱的人家，开始翻盖新房。平顶瓦房成了流行的住房，于是，村里出现了清一色的平顶屋。已经是乡村小学教师的大哥，在全家人的帮助下，盖了六间两进的大院子。当然，为了跟得上形势，也是平顶。

我父亲是个有些远见的人，他在为大哥盖这六间房子的时候，让石匠将地基做得很深。父亲说，未来在这个地基上再盖层小楼也没有问题的。

当时那些埋石头的石匠都觉得父亲是开玩笑。但是几年之后，村里的小楼就一幢接一幢盖起来了。

虽然每户都按男丁的人数，安排了宅基地，但是，几乎很少有人愿意在村子中央盖楼，都纷纷搬到靠近公路，或者非常亮堂的田野里盖楼。整齐的一排排的瓦房形成的村庄，渐渐乱了秩序。

一个方方正正的村庄，慢慢变成了空心村，没有人居住的旧瓦房和土坯房，在风雨里东倒西歪。

新农村建设的风潮来了。一辆辆推土机开进村里，在实行一定的补助后，这些有些年代的老房子轰然倒塌，湮没在时光的碎片里。

小楼盖得越来越多，东一幢西一片，有三层的，有两层的。都顶着铝合金的门窗，黄色或红色的琉璃瓦，在阳光下闪闪发光。

和十几年前相比，现在村里的财富有了新的动向，以前靠拿工资的人家，渐渐落后于家里外出打工的人。村子里漂亮的楼房里，住的是老人和孩子，而一部分楼房，只有在春节或农忙的时候，才会打开落满尘土的大门，被热闹地住上几天。然后，又数月封门。无人居住的院子，被荒草和鸟雀侵占。

虽然在城里挣到钱的人家，开始到县城或者省城买房，农村越来越空。但是，造房的热潮仍然没减退，盖新房，娶新娘，这个规矩仍然没有改变。虽然，耗费巨资的小楼，也可能长年没有人居住，但是仍然是要盖的，因为，在没有定居城市之前，这里仍然是家，是最后的归宿。

城乡一体化发展的长路上，农民成了城乡之间的候鸟。一头是谋生，一头是牵挂。也许，在城市财富慢慢均衡之后，那些漂亮的小楼里，才会有热腾的生活，有幸福的天伦之乐。

村里的露天电影

电视没有普及之前，村里的娱乐生活是单调而纯朴的，能让人兴奋起来的，除了娶亲就是看露天电影了。

一家娶亲，就是半个村庄的节日。一个门头（没出五服的亲友）的人连续几天，在吃吃喝喝中拉近亲情。如果酒喝多了，也顺便吵吵嘴，打打架，发泄发泄内心的不满。

手贱的单身汉，可以借着闹洞房的名义，趁机对长相俊俏的新娘子揩油，摸摸人家的大腿，拍拍人家的屁股。

村里的规矩，新婚三天无大小，不分辈分，谁都可以“乱”一下新娘子。乱，就是逗趣或者推推搡搡一下，一般并不过分。谁不喜欢长相漂亮的女人呢？特别是那些老光棍汉子，馋女人馋得要命。

娶亲要定响班子，喜庆的唢呐呜啦呜啦地吹两天，头天叫过轿，第二天叫迎娶。

响班子一般还会安排一两个人唱戏，一个净角，一个旦角。净角一般是黑脸或红脸，旦角当然是女角。戏的内容多是打情骂俏，带点黄腔，但活泼有趣，适可而止，并不过分。

除了唢呐，有时候东家也安排放场电影。

天没黑的时候，电影放映员就到了，选空旷的地方，在相邻的两棵大树间拴起银幕。村头的喇叭，开始一遍遍地广播："今晚，某某家有喜事，请老少爷们看电影。"这相当于乡村的节目预告。

小孩子们在银幕下玩捉迷藏，打来打去，叽叽喳喳，像过节一样。等到放电影，他们一个个像放完电的电池，都打着瞌睡，纷纷被大人们抱回家，或趴在大人们怀里睡着了。

天擦黑，得到消息的外村的姑娘小伙子，扛着板凳椅子，三三两两就过来了。扛着板凳，步行三四里路，甚至一二十里路，只为看一场电影，这并不稀奇。年轻人精力旺盛，浑身有使不完的劲，连走带跑，十来里路也就两袋烟功夫。

为什么要扛板凳呢？因为一场电影一般要放两个影片，加起来要三四个小时，站着很累。如果放电影的那个村子正好有自己的亲戚，就省事多了，可以上亲戚家借板凳。看完，再还回去。

没有板凳的人，有时候会爬树，坐在树杈上看。有的看着看着困了，从一人多高的树杈一头栽到地上。

看电影是青年男女搭讪交往的好机会。所以，未婚男女都抓住这个机会，穿上最好的衣服，把头发精心梳理再喷点头油，光鲜锃亮地出场。男孩子们会在人群里蹿来蹿去，展现魅力，以期引得心上人注意。对上眼了，就近坐在一起，一桩好姻缘也就此拉开了序幕。

爱情开始于荷尔蒙，银幕上上演着爱情，银幕下也悄悄地眉来眼去。问了姓名之后，便托了媒婆前去说媒。

言差语错，争风吃醋的事也经常发生。年轻人都争强好胜，会些拳脚的喜欢在人群里横着走，吹胡子瞪眼，碰到爱打抱不平的，几番言语交锋之后，抽起屁股下面的板凳就开始往对方头上抡。

一个村的会帮一个村的，一家亲戚会帮一家亲戚，单对单的斗殴，很快就发展成群殴，电影场上开始你追我赶，板凳、棍子和砖头乱飞，看电影瞬间变成了看热闹。

放映员一般都见多识广，神定气闲地继续放他的电影。银幕上莺歌燕舞甜甜蜜蜜，银幕下喊爹叫娘血肉横飞。

有时候东家会请当地的狠角色来镇场子，狠角色要么是当地有名的武林高人，要么是进过牢房的痞子，总而言之，是一般老实人不愿意惹或惹不了的角色。他们相当于城市夜总会里看场子的保安。

结下梁子后，就成了仇家，会寻机报复，于是，一个冬天，打过架的双方就有了寻仇与报仇的任务。直到一方俯首称臣。

但是，大多数时候，电影场上是相安无事的。毕竟，打架是很花钱的，打伤别人或被打伤，都要花一大笔医药费，被打伤残了，还要进牢房。

好电影百看不厌，会一个村接一个村地放，比如《少林寺》《高山下的花环》《咱们的牛百岁》《月牙儿》和《武林志》。

《少林寺》是20世纪80年代初期的现象级电影，连放了四五年，还是被人追捧。这部电影不但让一个默默无闻的寺院成了全世界武术爱好者心中的圣地，也让少林武术走向了世界。更夸张的是，这部电影直接掀起了乡村的习武热潮。此后的十余年，大大小小的武术学校遍布祖国大江南北。

我二哥看了《少林寺》之后，对飞檐走壁很上瘾，书包一扔，非要和邻村的几个少年，一起去河南少林寺习武。他当然没去成。

有时候，遇到天突然下雨或拷贝传送不及时，电影会临时取消，这就苦了跑了十来里路来看电影的外村人，几句牢骚之后，只好扛着板凳回家。路上遇到正往电影放映场赶路的人，便哄骗说电影放完了，问放的什么电影，便答放的是《月牙弯弯照白墙》或《百万英雄白跑路》。听到的人便哈哈一笑，知道电影泡汤了。

一个冬天，总能看几场有意思的电影，闲下来的日子，便有了谈资，对电影里的演员，评头论足。很火的电影，都会有明星的画报卖，买来海报，小心地贴在房间里，每天一抬头，看着偶像对自己笑，顷刻便幸福满怀，辛劳和贫穷的日子里，就有了一丝虚幻的春光。

露天电影最流行的时候，也刚刚流行追星，不少人家一边贴着毛主席像，一边贴着刘晓庆、潘虹、吴玉芳、斯琴高娃、唐国强和周里京的画报。

1988 年之后，村里通了电，家家有了黑白电视机，露天电影就渐渐少了。那些扛板凳看电影，一路欢歌笑语的日子，也一去不复返。

偶尔，一些老宅墙上的电影明星海报，还提醒着，曾经热火朝天的露天电影岁月。

逮　鱼

有水的地方就有鱼，这是村里老人以前常挂在嘴边的话。

三十多年前，村里村外、村前村后都是水沟和池塘，有的长年水草密布，有的终年存着浅浅的水，并不干涸。

村子中央有一个水塘，联通着横七竖八的壕沟。房子都绕水而建，方便洗衣、洗菜和洗澡。

生活刚刚温饱的时候，鱼是猪肉、羊肉之外的美食。

春末夏初，或者秋末冬初，皖北平原迎来旱季。几天烈日曝晒，水沟和池塘的水有时一天退三尺。水浅的时候，草鱼和青鱼，就在水里露出黑黑的脊背，这时候，喜欢逮鱼的人脚底板就开始痒痒了。

回家收拾起渔网，冲向水沟和池塘。那时候逮鱼用得最多的网叫拔楞网子，现在已经极少见到。

拔楞网子有个弓一样的框，比手腕稍细的柳枝，一边放火上烤，一边用力压，直到压成半圆，然后绷一根弦。再用棉线织一个口袋一样的网，系在这个弓上，再绑一个竖棍，网就做成了。

逮鱼时，右手执框，左手执棍，左腿在水里划拉出一个半圆，赶鱼进网后，迅速提起。

我家有两张拔楞网子，一大一小，小的那个是我用的。

我讨厌吃鱼，但喜欢逮鱼。梅雨天，大人眼里淅淅沥沥的雨愁煞人，我每天除了做作业，就是到粪堆边上挖蚯蚓，跟着村里几个钓鱼迷去钓鱼。

鱼竿和鱼钩都是自制的，鱼竿是一根细长的竹竿，鱼钩是用大号缝衣针做的。把缝衣针在火上烧到通红，用老虎钳子迅速掰弯。有时候走村串户的小贩也卖鱼钩，只是，有时候想钓鱼的时候，并不一定能买得到。鱼竿是随用随做，用完随手就扔到院子里或房顶上，时间长了就丢了。

梅雨季节，一场雨滴滴答答会连着下十几天，水沟和池塘开始漫堤，这是逮鱼的好机会，只要在流水的地方用一个网或筛子堵住出水口，大大小小的鱼就会顺着流水进入网里或筛子里。

假如占据了好位置，运气好的话，一天能逮几十斤鱼。一些平时看着不起眼的小沟，里面跑出来的鱼，能多到让人狂喜。

鱼喜欢顶水走，大水漫到田里，有些鱼就逆流而上，游到了田垄里。雨天，在田里放水或者移苗时听到有哗哗的声音，顺着声音找去，保准能逮到一条走投无路的鱼。这样的鱼，小的半斤，大的有两三斤。一条大鱼，可以让一家人饱餐一顿，吃肉的吃肉，喝汤的喝汤。

虽然不喜欢吃鱼，我却异常喜欢钓鱼和逮鱼，一听到有人喊我出去钓鱼，周身的血都会往头上涌。

因为钓鱼，忘记了写作业，耽误了割青草，错过了饭点饿肚子，也经常被母亲追着用树枝抽。但是，我喜欢钓鱼和逮鱼的本性，一点没变。

也许，钓鱼的人收获的就是鱼咬钩时的期待和把鱼钓上岸时的喜悦。

秋天，水渐渐变冷，另一种逮鱼方法出现了，扳鱼。我也不知道，扳这个词是不是对的。扳是个动词，有点人和水里的鱼较劲比智慧的意思。

扳鱼的工具是自制的，下面是一只水果罐头瓶，上面是一只半截的啤酒瓶或高粱酒瓶。啤酒瓶要从中上部截断，广口向上，瓶嘴向下，放入罐头瓶里，罐头瓶里放些馒头屑或者小麦粒作饵。小鱼顺着啤酒瓶嘴钻进去，在罐头瓶里找不到出口。这个原理，有些像渔民用的迷魂阵，好进难出。

勒啤酒瓶是个手艺活，在要截断的地方绑上一圈棉线，棉线上淋煤油，用火柴点燃，火一灭，立即把啤酒瓶浸入冷水里，咔吧一声，瓶嘴就整整齐齐断了下来。

罐头瓶捉到的都是小鱼，可以给鸭子或者猫打打牙祭，如果多了，也可以晒成鱼干，过盐，在鏊子上烤成鱼干，卷在馒头或烙饼里吃，香脆可口。

除了罐头，也有用竹篮扳鱼的。用白纱布把竹篮口蒙好，里面撒上饵，把篮子扔到水深的地方，第二天，迅速提出，幸运的话，能收获小半篮子的鱼。这样，一家人就可以饱餐好几顿鲜鱼汤了。

我比较喜欢用罐头瓶扳鱼，而且比较贪心，有时候，一个晚上，能扔下三四个罐头瓶，第二天早上，怀着激动的心情，一个个提上来，看看收获。我不喜欢吃小鱼，有时候就把它们掏出来，又通通扔回水里。

很奇怪也很有意思的是，有时会发现，同一条小鱼，带着前天掉鳞的伤，第二天清晨又出现在罐头瓶里。

还有一种逮鱼的方式，叫下滚钩。

滚钩是用篦子齿做的，一个个串到线上，形成长长的一条，齿上串饵。傍晚下钩，第二天清晨起钩。滚钩多用来逮泥鳅和黄鳝。当然，有时候也会钓上来一条长长的水蛇。

一直到今天，我都没弄明白，为什么滚钩钓到的都是泥鳅和黄鳝，而不是草鱼和青鱼呢？

我最喜欢的还是钓鱼。雨天，打着一把伞，或披着尿素袋子剪的雨披，坐在池塘边，静静地钓鱼。看着鱼浮子一沉一浮，然后被鱼狠狠地拉到水里……心里一喜，迅速收竿。

喜欢钓鱼的人，有时候并不一定是为了钓到鱼，而是享受整个充满期待的过程。这种满足感，需要在长长的等待中获得。因为充满未知，所以每一条鱼的上岸都是惊喜。

不知道什么时候，有人想到了歪点子，用剧毒农药药鱼，用电瓶电鱼。这两种都是断子绝孙式的捕捞方法，被人看到，是要挨骂的，为人所不齿。这种粗暴的逮鱼方式，在一定程度上是违法行为，一般也是偷偷摸摸地进行。

山河巨变，现在，村里很多水沟和池塘一年年地被淤平，或被推土机推成了田，村前村后，只保留了极少数的水沟。而且，因为地下水超采，这些水沟一年有半年的时光是没有水的。没有水，也就没有鱼。

乡野的生活，有苦也有乐，苦是付出体力才能获得微薄的收入，乐是在农闲之时，能获得大自然一些额外的馈赠，比如肥美的野生鱼。

现在无论城乡,吃的鱼都来自养鱼塘,这些一生靠吃饲料长大的鱼,很肥,却因为速成,少了一些鱼儿应该有的香味。

喜欢钓鱼的人，
有时候并不一定是为了钓到鱼，
而是享受整个充满期待的过程。

烧砖的日子

1986年前后，大于村北面的北沟岗子上，建了十多个土砖窑。沟岗子上是挖河时堆起的土，含沙和砂礓，特别适合烧砖。

那时候刚刚兴起盖青砖瓦房，如果哪家盖了六间大瓦房，又拉了一个青砖大院子，人前人后，就觉得脸上光鲜，腰杆子也可以挺得笔直。

整个村子里，能花得起万把块钱盖起几间大瓦房的没有几家。但是，当瓦房成了农村男孩结婚时的主要硬件后，普通人家只能勒紧裤腰带过日子，或四处举债。

也有别的办法，就是自力更生。

房梁、檩条用的木头好找，家家房前屋后都有树，锯下来晒干取直就可以了，门窗也可以找木工做。但砖瓦和人工费省不掉，这都需要一大笔钱。

办法都是逼出来的。不知道从哪一天起，有人在北沟岗子上垒了一孔小土砖窑。造土窑很简单，挖一个直径四五米、深三四米的井，在最下面排几根钢筋棍，再从“井”的侧面，按一定角度掏个烧火用的门，一孔土砖窑就做成了。

这种窑也叫马蹄窑。后来，还有一种大规模烧砖的窑，叫轮窑，盖得像一个大车间，周围几十个门，十来米高，远远地望去，像一座城墙。轮窑出现得要晚几年，而且只能烧红砖，砖坯子也是机器生产，即使是小轮窑厂，一天也能生产好几万块砖。

窑好建，但是砖坯子不好弄。接下来，就进入最重要的环节，就是摔砖。摔砖，也叫刮砖坯子。现在想想刮砖坯子的场景，还有些头皮发麻。

我们家开始烧砖，是为了给大哥和二哥盖新房。大哥 20 岁，到了要提亲结婚的年纪。

父亲很正式地对我们兄弟三人说："咱家没钱，但有的是力气，你们兄弟几个去北沟岗子烧砖吧。"

就这样，才上小学四年级的我，在太阳晒死人的暑假，开始跟着大哥、二哥和姐姐，去了北沟岗子。

和大哥二哥摩拳擦掌的兴奋相比，我很不情愿，有点古代被发配充军的悲壮感。我小学还没毕业，离结婚还早呢，烧砖盖房子都是为大哥和二哥准备的。

沟岗子是按段分到每家每户的，我们家的那段有四十多米长，二十多米宽，既能平整出来几十个平方用来放生砖坯，空余的位置可以挖出来一孔窑，剩下的就是和泥和刮砖坯子的场地了。

虽然太阳毒，但沟岗子上有不少白杨树，太阳当头的时候，就可以到树阴下刮砖坯子。这是唯一让我觉得可以获得安慰的事情。

和泥是每天清晨的第一件事，把土一锨锨过粗筛，筛去大块点的砂礓和石子，过了粗筛再过一遍细筛。把过了细筛的土堆圆，中间挖出个坑，模样有点像地球某个角落的陨石坑。然后，从沟里挑水，人站到泥堆里，一脚一脚地踩，直到泥巴细软，像做陶器和瓷器用的泥巴那样细腻。

然后把这些泥一把把地猛摔到砖模子里面，用竹片或木片，刮掉多余的泥巴，到太阳下把模子脱下，一行三块新砖坯子就生产好了。

做新砖坯子一定要晴天，只有晴天才晒得快，但是，太阳太烈又容易把砖坯子晒开裂。太阳太烈的时候，还得给砖坯子搭个遮阳棚。总之，一块砖坯子，要折腾好多道工序。多云的天气，是晒砖的好天气，可是老天爷可不管这些，似乎不太愿意这么干，夏天，要么一晴十几天，要么一连阴雨十几天。

为了躲太阳，每天早晨四五点钟，就要起床，一直干到十点钟，地面晒得烫脚底板，才能躲到树底下躺着休息一会。

虽然是清晨，可是仲夏的太阳升到一竿子高的时候，就能晒得人头晕。汗水一滴接一滴，一行接一行，在身上淌出一条条小溪。

只需要在太阳下曝晒一星期，人就能像蛇蜕皮一样，从背上肩上扯下一块一块纸一样的皮。

我力气小，只能干和泥和拎水的活，但是，上上下下几十趟拎水，也累得猛喘。有时候，故意脚下一滑，顺势倒在河水里凉快一下，顺便偷个懒。每天跳进水里洗几十次澡，成了那个夏天最深的记忆。

经过十天半个月的曝晒和阴干，生砖坯子从里到外都干透了，硬邦邦的，可以上窑烧砖了。

一块块的生砖坯子，搬进窑里，在窑里一层层从下往上码放，垒成花墙，不能码斜了，否则，倒塌下来，不但前功尽弃，还会摔坏很多的砖坯子。

一边铺砖坯子，一边撒一些煤屑。一层层码，一直到窑顶，再盖上厚厚的土。砖窑开始点火要选个吉利的日子，讲究的人家，甚至要请风水先生来看一看，算一算，烧几炷香。

砖窑要连烧十来天，据说，这样才能把火一层层顶上来，一直把最顶层的砖也烧得通红。

相比刮砖坯子，烧窑更苦更累。大热天，人站在太阳下已经汗流浃背，而砖窑门口的温度几乎有六七十度。人在炉门前，只待几秒，吸进鼻孔里的热气是滚烫的，疼痛直插胸口，有种像要窒息的感觉。

把一条沾上水的毛巾披在背上，快速跑到窑门外，屏住呼吸，拉开炉口，再迅速地往炉膛里塞几块木头，或者铲几锹煤，关上炉门，跑上来。仅仅几十秒，背上的毛巾已经被烤干了。迎面站在离窑几米远的地方，脸烤得像被抹了红辣椒。

砖窑一旦点火就不能停，十来天的时间，每隔半小时或十几分钟要进去续木头和煤，所以，人只能日夜在旁边守着。困了，就合一下眼，眼一睁，就跑上去续火。人手多的，可以三四个人守，人手少了，只能两个人，一个人守上半夜，一个人守下半夜。

十几天的煎熬之后，炉火渐熄，开始停火。这时候，请来烧砖老手，摸摸窑壁，抓一抓窑上面的土，决定要不要开始浇水。

同样的砖，不浇水的是红砖，浇了水后，红砖就在窑里慢慢变成了青砖。窑顶放一口大缸，用塑胶管子慢慢往滚烫的窑里注水，窑顶升腾起白色的雾气。沟岗子十几口窑如果同时浇水的话，场面十分壮观。

注水冷却三四天后，就可以出砖了。出窑也是个又脏又累的活，一万多块砖，一块块搬出来，二百块一摞，整整齐齐码好。窑灰吸进嘴里、鼻孔里，吐出来的痰都是黑色的。

出窑之后，要趁着好天气，继续装窑。又一个又苦又累的循环开始了。

烧窑累，也很危险，经常有人在窑门口困极而睡着，吸入过量的一氧化碳，丢了性命。这样的事，每年都会发生，只不过，不知道这种倒霉的事会摊在谁身上。

穷人的命不值钱，一副薄棺材盛了，埋到沟岗子上，从此不用劳碌，也看不到人间的烟火与悲苦。

我们家开始烧窑的时候，一般是父亲带着大哥二哥守夜。大哥和二哥一个睡上半夜，一个睡下半夜，搭配着给父亲做帮手。我有时候也过来陪他们，当他们都睡着的时候，我就负责用小棍子敲他们的腿，直到敲醒。其实，我比他们睡得更快更沉。更多的时候，我只是过来充个人数。

除了身体的累，还有心理的压力。沟岗子上一排排埋的都是几代人的坟，一个接一个，有上百年的老坟，也有新坟。那些坟，就在我们家窑十几米的地方。夜里，总害怕某个坟里走出个披发獠牙的人。

有时候因为父亲工作忙，夜里就我们哥三个守窑。夜里害怕，就一个替一个唱歌说笑话，互相壮壮胆。但是，玉米地里的一阵乱响，或树梢上一阵风刮的异动，都会把我们吓得魂飞魄散。

如果玉米地里有动静，我们就拼命地往那个地方扔砖头和坷垃，如果树上有动静，我们就在树下大吼大叫，用脚猛踹树干。后来才知道，玉米地里弄出动静的多是半夜出来觅食的老鼠、刺猬或野兔，树上的大多是受惊的鸟。蟋蟀、蝼蛄、蝈蝈或者其他不知名的小虫子会从天黑一直叫到天亮，

等困乏和疲倦彻底征服了身体之后，人总会变得麻木。不要说野兔和鸟，就是打雷刮风，也懒得动一动了。甚至有几次，野兔从坟后面突然窜出来，从我们面前跑过，也没有觉得害怕。

坐在坟堆旁，听着虫子的叫声，仰望满天水洗一般的夜空，闪闪的满天星，有云从天空走过，时而遮住了月光。晴天的夜，星星压得很低也很亮，有童话般的感觉。

盼望着，盼望着，一窑窑的砖出来了，因为注水不均匀，我们烧的砖，大多烧成了青一块红一块的花砖，还有的烧成了一大团的渣渣，硬得像废铁，砸都砸不烂。

其实，很多晚上父亲也陪着我们，他白天去学校教书，晚上来加班烧窑。夜里，他让我们兄弟三人睡觉，自己一个人守着炉火。有时候，我睡醒了，看到父亲光溜溜地在河里洗澡，还游几圈水来解乏。

从初夏到深秋，盖三间瓦房和拉一个院子需要的五万多块砖烧出来了，我们收拾工具，拆了搭在沟岗子上的塑料帐篷，卷起被卷，回家。

那个陪伴了我们几个月的小土地窑，后来被别人家借用了。再后来，在夏天的一场暴雨中塌掉了。再后来，塌倒的窑上长出一棵非常高大的椿树，枝繁叶茂。

每次路过那孔窑，我都心里泛起涟漪，像路过一个不再来往的朋友的家门前。有些酸楚，也有些不舍。

发 洪 水

2020 年，农历庚子年，注定是要以重要篇幅写进历史的。

澳洲蔓延数日的森林大火，烧去了地球的一角。

肆虐全球的新冠病毒，在半年多的时间，夺去近 60 万人的生命。

7 月，漫长的梅雨让长江、淮河流域的江河湖泊水位超限，众多村庄和城市泡在水里。有人因洪灾死亡，有人失去家园，灾区人民的生活，又多了一道难以弥合的伤痕。

很多时候，这个蓝色星球并不太平，也没有诗人笔下那么美丽。

每年六七月间，江淮地区都会迎来持续一个月左右的梅雨季节。雨连续下两三天，坚硬的土地开始变得松软，十来天后，脚下的泥水就会没了脚踝，人出不了门，就窝在家里，望着屋檐外的雨发愁或者发呆。

雨在外面下，人在屋里唉声叹气。

空气里散发着食物和家具潮湿霉变的气味。洗了的衣服没有地方晒，只能在房间里左拉一条绳子，右拉一条绳子，一个压一个地搭着。浸了汗渍的衣服和洗了没有晒干的衣服，都会发出难闻的馊味。

庄稼是农民的命，几场大雨后，土地吸饱了水，村前村后的池塘和小河也盛满之后，田里玉米、红芋和大豆，都开始泡在了水里。

当地里的玉米也只在水里露出个尖尖，大家纷纷扛着锹和锨去田里放水。可是，沟河都满了，水能往哪里淌呢，放水早了，有可能河沟里的水还会倒灌进庄稼地里。

水没有地方去，只能存着，淹掉庄稼，淹了村庄。无奈的农人，只能祈求老天放晴，给一条生路。

虽说过了淮河，过了800毫米降水量线往北，淮北平原的年降雨量就会小一些。但是，夏天的雨下得急也下得凶狠，连续一个星期，几场大暴雨之后，村里的房子就要泡在水里，这时候，就发水了。

看到房前河沟里的水上了岸，漫过了路和桥，老人们就开始唠叨陈年旧事，咒骂老天爷，说天都下通掉了，还不管人间死活，瞎个眼，不知道停。

七八十岁的老人对洪水记忆深刻，说有一年，洪水淹了村子，水到屋檐，人都蹲上了房顶，或爬到树上。有的人家坐着大木盆，或者用架车子框做浮木，划到十几里外的高土堆上。猪狗牛羊没处躲，淹死后漂得到处都是。

听多了，也就记到心里了，一到下大雨，我望着门外，提心吊胆，想着遥远的地方，正有漫过房顶的洪水，排山倒海，呼啸而来。

这种记忆，来自一代代人的不停复述。毕竟，在长达几百年的时间里，地处黄泛区的淮北平原，三年一小灾五年一大灾，洪水过境、墙倒屋塌的场面几乎从没有间断过。这里的居民，不但对洪水并不陌生，对蝗灾和干旱也记忆深刻。

新中国成立，治国先治水，毛泽东发出“一定要把淮河修好”的号召，对淮河流域开始了长达半个多世纪的治理。成千上万的农民，在饥肠辘辘的状态下，成了治水的主力军。数年之后，淮河的干流和支流，自上游到下游，长藤结瓜，建起了大大小小的水库，设置了行洪区和蓄洪区。疏通了旧河流，开挖了新河道，水有了去处，村庄和田地才有了平安。

每一年的夏天，对防汛部门的官员，都是一次非常严峻的考验。1991 年大水，2003 年大水，2007 年大水，仍旧给淮河流域造成不小的损失。寿县古城墙上有一块石碑，清楚地记着 1991 年大水淹过的痕迹。

大水漫过房顶的场景，在我的记忆里没有发生过。但是，屋子半截泡在水里的事，我还是经历过好几回的。

几十年前，村里村外的池塘、河沟和小河非常多，几乎条条相通，雨水会顺着小河沟流到更宽的小河里，又顺着小河流到大河，这条大河就是淮河。

村里的土屋都是土墙基，经不起水泡，每年的梅雨季，村里都会有老房子被泡倒掉。后来有钱了，再盖起来的房子，都垒起一米多高的石基。

住土屋的时候，家家都穷，也没什么财产，屋子倒了也就倒了，大不了天晴的时候，请几场饭，找一些人帮忙再盖几间。

20 世纪 80 年代之后，村里石头墙基的砖瓦房多了起来，瓦房不怕水，但是，如果连续数日地阴雨，房间内的地面，也会渐渐变得潮湿，地上会长白色的菌斑，菌斑里长出特别鲜艳的毒蘑菇。屋子里面长蘑菇，墙外檩子上长木耳，夜里床上抓到蛇，睡到半夜床底下能淌水，也是梅雨季节常见的景象。

当沟河里的水漫过了路，除了逮鱼捉虾，也没有其他的事可做了。这是苦中作乐的事情，发愁也没有用，至少捉到了鱼可以打打牙祭，缓一缓粮荒。水大了，只要有水的地方，到处都能捉到鱼。

记得有一年，大水漫路，半个村子又泡进了水里，几天后，水渐渐退去，连粪坑里都有了梳子一样大的草鱼。那时候鱼是真多，一到发水，不但庄稼地里能逮到鱼，连路面上都能捉到鱼。

下雨天，孩子是最快乐的，冒着雨在门前打水漂，玩泥巴。用脚把泥巴踩成一个馒头，踩出一条水沟，或者用泥巴、木块和砖头搭成一个房子。

如果雨停了，还可以玩摔泥洼洼。就是把泥巴团成碗一样，用力往下摔，一声闷响，泥巴会破个洞，然后，你揪一团泥巴补我的，我揪泥巴补你的。这种游戏，可以玩半天，直到都成了泥猴子，才肯各自回家。

孩子就是吃饱等饿的小动物，哪里理解大人心中的忧愁。调皮的孩子这时候闯了祸，大人心中窝着的忧愁和恼火没地方撒，一顿狠打是少不了的。所以下雨天打孩子，也是村里雨天一景。

有一年雨下得太大了，我家的猪圈和厕所都泡塌了，本来养在外面的猪，只好拴在过道和偏房里，它没事就这里拱一拱，那里刨一刨，几天的时间，把屋子和院子里的地给翻了个遍。

猪屎猪尿,骚臭难闻,只好把它赶到雨里,由它去了。猪泡水里久了也会生病,没多久,它就病死了。

后来,厨房上面的茅草被大风刮去了一大块,大人们冒着雨用一大块塑料布蒙起来,上面压上砖块和石头,但是,还是漏雨,小瀑布一样的水,淋了一锅台。只好用盆子和桶,一个挨一个接雨,雨满了倒出去,再把盆子放在漏水处,雨砸在盆子、桶和碗里,声音不同,像是演奏一支曲子。只不过,这是一支发愁和无奈的曲子。

再久的雨,也有停的时候。雨停,就会出太阳,只要三五天太阳,沟河里的水就会下去很多,一周以后,路上地里,都开始干燥起来,日子又恢复了正常。

天晴了,勤快的村人开始重盖在雨里泡倒掉的猪圈和牛棚,开始和泥修房子,把被风刮破的房顶重苫一下。仿佛那些雨天里的哀愁,都随着几天大太阳一晒而光了。

总会碰到风雨,而解决的办法,就是想办法抵抗,想办法解决。

当沟河里的水漫过了路，
除了逮鱼捉虾，
也没有其他的事可做了。
这是苦中作乐的事情，
发愁也没有用，
至少捉到了鱼可以打打牙祭，
缓一缓粮荒。
水大了，
只要有水的地方，
到处都能捉到鱼。

放铳人

放铳人背个褡裢，一头放火药和铳，一头放讨来的馒头、烟酒，或者零钱。

放铳人消息灵通，方圆几十里甚至上百里的红白事，他都知道，一个村接一个村地跑，早上出发，天黑回家。

没有自行车的年代，放铳人走村串户都靠步行，春夏秋冬，刮风下雨都奔走在乡村小路上，就为了讨一口饭，吃个肚子圆。

放铳人的褡裢里有两块布，一块是白布，一块是红布。到了白事上，就在铳上系白布，到了红事上，就换上红布。

一般放铳的人到了葬礼或喜事的现场，找个墙角蹲下来，往三眼铳里装火药，再用小木棍子或小铁棍捣实，点引线，嗵嗵嗵，伴着三声巨响，冒出一股青烟。放完铳，也不说话，站在原地等，这时东家或者办事的人，就会走过来，递上一块或几块零钱，或者一瓶低价的白酒，也或者仅仅是一个馒头。接了东西，放铳人向东家说一声谢了，然后扭头就走，奔下一家。

放铳是农村红白事上常见的环节，有点像礼炮。铳是铁做的，一个铁柄，上面焊三个钢管做的筒，筒里装火药，从一个洞里出一个火药捻子。用香烟点了，哧哧冒烟，然后，三声巨响，震得人耳朵嗡嗡作响。

豫剧《穆桂英挂帅》里面有一句词：“辕门外三声炮，如同雷震，天波府里走出了，穆氏桂英。”估计古时出兵，列队开战前，放礼炮和击鼓一样，是扬威，也是助阵。不知穆桂英家这三声炮，是放的礼炮，还是放的铳。

放铳最忌讳哑炮，如果三响只响了两响或者一响，会被认为不吉利，白事还好说，如果是娶亲嫁女的红事，只响了一下或两下，不但要不到东西，还会被臭骂一顿，灰溜溜地走人。

按规矩，一个放铳人，只能在一个白事或红事上放一次铳，放得成功与否，也关系着他能不能讨到钱或酒。所以，放铳人格外在意保护他的铳，绝不会让别人随便摸他的铳。装药的时候，也不让人围观，以防抽烟的人把烟灰星子落到火药上。烟灰点着火药，或装火药时装着装着铳突然炸了，这种事也不是没发生过。还有的放铳人，因为放的火药量太大，被当场炸晕或震晕，所以，放铳绝对是一个危险的行当。为了不伤人，放铳人要放铳的时候，将铳口朝天，而且为防铳筒炸裂，要找人少的地方放。

放铳是行走江湖，自然要懂些江湖规矩，甚至还要懂一些江湖黑话。如果是走江湖的人，遇到同类，会互相盘问，也叫盘道。因为不知道什么时候，会碰到爱显摆的人，或者爱找茬的人，过来盘几句，答不上来，不但东家不给钱，还会被羞辱一顿。

有一次，一个来自外县的放铳人，来我们附近村一个红事上放铳，因为脸生，几个年轻人有意为难他，就上去和他对江湖黑话，结果那个人有点傲，对了半小时，年轻人接不上了，脸上挂不住，便故意找茬，几个人一起上阵，把那人打得鼻脸一糊塌，从路上打到水沟里，又从水沟打到粪池里。

最后放铳人不干了，擦了擦脸上的血，也不说话，收拾一下东西走了。谁知道，他跑到村外在铳里装了火药，又装了石子和钢珠，再回来，二话不说对着那几个年轻人，放了铳。

装了石子的铳，就成了霰弹枪啊，结果可想而知。有人当场毙命。结婚本来是一件欢乐的事情，结果变成了惨剧。

为了防止不必要的纠缠，放铳人一般不多搭话，东家给东西时，无论给多给少，都不能出恶言，否则会被认为失礼。遇到心善的人家，就会多给一些，抠门的就给一块馒头。在乡下人眼里，放铳是贱业，和讨饭人的地位差不多，只不过是以手艺的名义行乞。

也许是因为经年被火药熏，放铳人总是脸色青灰，衣服也脏兮兮的，看起来更像是讨饭的。

经常到我们村放铳的是附近庄上的一个瘸子，头发花白，乱得像一堆秋天的草，身上的衣服也总是沾着鼻涕和饭菜渍，还有烟灰烧的一个个洞，看着非常落魄。

瘸子是个鳏夫，放铳就是为了吃口饭。他总是一拐一拐地来，然后慢悠悠地抽几口烟，把烟掐了，然后慢条斯理地装药，然后手一举，嗵嗵嗵三响。放完铳，他就和吹响班子的人坐在一起，继续抽烟，拉呱。有时候，他也不急着走，就一直坐着，等着蹭一顿有酒有肉的饭。

响班子的人都认识瘸子，他们也互相介绍生意，所以响班子的人也不拿他作外，和他碰杯拼酒，拿他的腿开玩笑。瘸子也不恼火，孬话好话都听着。

瘸子七十多岁的时候，走路慢了，就改骑自行车。有时候下雨天，泥巴溅了一身，更加显得狼狈。

瘸子好酒，每喝必多，瘸子自己也咒自己会有一天死在酒上。

一年冬天，瘸子一天跑了两三个红白事，在最后一个事上，他忘了规矩，一边抽烟一边装铳，结果铳突然炸了，正好冲着他的脑门，就这样，瘸子行走江湖的路，从此结束了。

瘸子死后，又换了一个年轻的，四十多岁，有人说那是瘸子早年的外甥，也是他带的徒弟。年轻的放铳人，话多嘴碎，同样好酒，关键是脾气也不好，经常为了点东西，和东家吵嘴，所以，有时候，他到红白事上，还没放下东西，就被人赶走了。时间长了，就没有生意，自己把自己的江湖路走绝了。

后来，村里人办红白事，请的都是新式礼炮，一辆小货车，车厢里架着几排炮，有一个大煤气罐，放炮的人，在车里按一下按钮，就嗵嗵嗵地响，想要几响要几响。就这样，渐渐地新式礼炮抢了传统放铳人的生意，放铳人也渐渐绝迹。

至今还记得放铳人的模样，举起铳的时候，有一种手举炸药包的威风，铳的响声，比现在的煤气罐礼炮响得多，而且飘出的火药味，也让人肾上腺素猛增。毕竟，铁铳是一种传统的火器，更是一种武器，曾经出现在古代战场上。

上 早 学

在我们村，小学三年级之后，就要上早学了。

一二年级的学生一天七节课，上午四节，下午三节。三年级以后，早晨上一节早自习，晚上两节晚自习，要上十节课。早自习叫上早学。

一般开学两周以后，学校就开始安排上早学。早学要早晨六点半前到校，七点半放学，回家匆匆吃了早饭，又抓紧往学校赶。

我上早学的时候，村里还没有通电，晚上照明要点煤油灯。学校也没有电，上早学和晚自习，要自己带煤油灯或者提灯。因为贫穷，不是所有学生都用得起五六块钱一只的提灯。

没有提灯，只能自己做个简易版的煤油灯。一般就用墨水瓶做底，用一截牙膏皮卷上棉线做芯，再用细铁丝做个提绳。为了防风，再用一个罐头瓶或打掉底的白酒瓶做个罩。

入了冬，白天渐短，黑夜渐长，上早学越来越受罪。寒冷的冬天，被窝还没捂热，又要起床了，掀开铁皮一样冰凉的被子，不情愿地穿上棉袄棉裤棉鞋，揉着惺忪的睡眼，找书包，点起灯，拉开门栓，去敲邻居家小伙伴的门，约好一起出发。

女生胆子小，要喊个胆子大的男生一起走。然后，三三两两往学校赶。人起得太早，总会打扰了村里的狗和鸡，一路上，总会遇到勤快的狗，狂叫着追赶过来。所以，手里有时候还要提一根棍子。

不是每家都有钟表和手表，都是自己估计着时间起床。比较常用的方法是听鸡打鸣，鸡叫三遍是五更，五更就快天明了。一般鸡叫第二遍的时候就要准备起床了，鸡叫二遍，大约是凌晨五点。

有时候鸡也不可靠，该叫的时候不叫，不应该叫的时候乱叫。听错鸡叫，起晚了的事也经常发生，心里生气，就想踹它一脚。也有时候，睡得太香，听不到鸡叫，醒来的时候，天已经大亮，看着太阳，就知道上学要迟到了。迟到要罚站，脸皮薄的就难过得想哭。

如果天大亮，看到炊烟四起，有人开始端着碗吃饭，就知道铁定迟到了，飞快地穿衣，抓起书包往学校跑。到了学校，同学们已经收拾书包要放早学了。班主任自然脸色铁青，少不了一顿臭骂。在同学的嘲笑声中，再挎着书包回家。

三年级刚开始上早学的那几天，怕迟到，总不敢睡得太沉，过十几二十分钟，就问一下爹娘："天可快亮了？"

娘说，"早着呢，睡吧，到时候叫你。"过了一会又问："天可快亮了？"娘烦了，不理我。我就睁大眼睛，不时爬起来，掀开窗户帘，看看天。发现还是一天星，就躺下再睡。过一会，再跑过去看看。直到折腾到困得眼皮打架，才睡沉了。

三年级的下学期，我已经习惯靠听鸡叫起床了。起床，穿衣，用带着冰凌碴子的冷水擦把脸，给提灯灌满煤油，把跟在身后的狗踢进院子，小心把大门闭好，背着书包，啪嗒啪嗒地出发。

住在我们家隔壁的小伙伴叫梅香，和我同龄同班，三年级以后，上早学我们都一起走。

梅香家也有狗，也很凶，虽然它认识我，但是，半夜敲门，它在门里边也不知道是谁，就隔着门狂叫，我得咳嗽一声，给它听到我的声音，然后就不叫了。有时候，我也怕它从门缝里蹿出来，就远远喊梅香的名字。我的嗓门又尖又细，夜里声音大，难免会吵醒其他人。

梅香就从门里面，急急地喊："听到了听到了，别叫了，嚎什么嚎。"

她轻手轻脚地掩好大门，和我一起走。有时候，我估计错时间了，就喊她起得太早，她就不高兴，说：你看你，这还一天星，你就来叫，去那么早学校又不开门，冻死了。

她心里生气，就一路上撅着嘴，不理我。我不能离她太近，又不敢离她太远，就跟在她后面。我自知理亏，她所有的埋怨，我只好默默地听着。

有时候梅香起得早，她就来喊我，她的嗓门更大，还啪啪地拍我家的大门。有时候不但把我们家的人惊醒，连我家的猪和狗也跟着醒来，哼哼唧唧地乱叫。我也生气，但是，我不敢对她发火，就自己憋着。

梅香喜欢抹雪花膏，跟在她后面，总有一丝淡淡的香味，好闻。我有时候离她太近，她就翻白眼，让我滚远一点。

从小路到大街，就能遇到成群结队的同学了，大家都提着灯,三三两两一群,七八个一队,顶着寒风往学校走去。暗夜里,一串串的灯,看起来感觉很安全又很亲切。

学校门口,总会站三五个起得更早的同学。学校的校工是个老头,只要孩子到了,他就起来开大门,他怕学生站在门外冻着,总是早早地起来开门。他披着棉袄,提着裤子,匆匆开了大门,拧一把清鼻涕,又跑到屋里睡觉。

进了校园,耳边就是朗朗的读书声,很多班里已经开始读书了。每个人面前一盏灯,全班几十盏灯,照得教室里灯火通明,煤油灯烟气大,鼻孔里熏得都是煤油的味道。教室的窗户都用塑料布封着,烟气也出不去,时间长了,就呛得人头晕。

有时候为省油,两个人合用一盏灯,把灯摆在两个人中间,今天用你的,明天用我的。

读着读着天就亮了,可以凑着亮光看书了,大家纷纷开始吹灯,顿时教室里青烟四起,像失了火一样。

一串清脆的放学铃声响后,放早学了,大家提着灯,飞也似的冲出教室,饿着的肚子空荡荡的,急着跑回家吃饭。哪怕快一秒也是幸福的。

跑得快,被一个石子或树根绊跌倒了,煤油灯就遭了殃,粉身碎骨,或者煤油撒了一地,回到家,耳光是少不了的。

大多数时候,早晨就把灯放教室里,因为晚自习还要用。放晚自习,大家提着自己的灯,又三三两两返回家。

上早学,比较辛苦的是那些离学校三四里路的同学。他们早晨要比我们这些本村的学生早一个小时起床,放晚自习,又得晚一个小时才能到家。

上早学和放晚自习,都要披着星光,外村的孩子三三两两提着灯走在田间小路上,路过没有人烟的田野,也路过老坟地,他们大声地在路上讲话或唱着歌,想尽办法为自己壮胆。

1983年左右,从县城出发的电线杆,一路路往乡下延伸,很多村庄开始通了电。我们村子离县城太远了,属于偏远地区。

几年之后,我们村也开始埋电线杆拉电线了。终于通电了,电灯亮起来的那几个晚上,村里人人兴奋得像过年。有的老年人看着电灯泡,乐呵呵地笑半宿。

有了电灯,又有自行车了。告别了提着提灯上学的日子,教室里,一根灯绳一拉,照得满教室通亮。那一刻,感觉幸福极了。

终于,在煤油灯下写作业,提着煤油灯,走几里夜路上学的日子,永远成了历史。

那时候学习的劲头大,就想着有一天,能过上楼上楼下电灯电话的生活。几十年时间,中国发生巨变,一眨眼,这些梦想全实现了,而且超出了想象。

每个人面前一盏灯，全班几十盏灯，
照得教室里灯火通明，
鼻孔里熏得都是煤油的味道。
教室的窗户都用塑料布封着，
烟气也出不去，
时间长了，就呛得人头晕。

饥饿如刀

饿到难受的时候，肚子里像有一个小刀，在慢慢地划，是一种强烈的疼痛感。

饿得肚子疼，是我小时候经常说的一句话。这种感觉，只有连续三顿不吃饭的时候，才能体会到。

医学上的说法是当胃里没有食物的时候，胃酸开始消化腐蚀胃壁，造成胃黏膜损伤。

从蹒跚学步开始，饥饿就像头顶上的乌云，一直陪伴笼罩着我。

我出生的时候，母亲没有奶水，很早就给我断奶了。等到会走路了，我每天自己端着小碗，游荡在厨房和院子里，看到能吃的东西，不管是生的还是熟的，都往嘴里塞。

母亲就骂我是饿死鬼托生的。

我会饿成什么样子呢，在似懂事半懂事的时候，趴在鸡窝边，从鸡窝里掏出母鸡刚下的蛋，能用牙咬碎蛋壳，喝掉了。用奶奶的话说，有次还把地上的鸡屎捡起来，当成糖果塞进嘴里吃。

那时候的一日三餐，以粗粮为主，没有多少细面。细面是指小麦粉，细面做成馍，就叫白面馒头或馍。这种馍只有生病或者家里来了重要的客人的时候才能吃到，而且要先给客人吃。

比较奢侈的是杂面花卷，花卷一般是由红芋粉、玉米粉、高粱粉掺在一起，黑乎乎的，外面裹一层细面做皮，看着白花花的，其实还是一个杂面团子。

杂面花卷也不是常吃，每天最多的是红芋死面饼子。把红芋粉、玉米粉或者高粱粉做成窝窝头的时候比较多。窝窝头有一个小洞，里面塞上红辣椒，这是一年四季吃得比较多的馍。

分田到户之后的那几年，夏天作物是小麦，小麦要交公粮用，交掉公粮，家里剩余的并不多。秋季作物，大都是红芋、玉米和高粱。

红芋、玉米的亩产比较高，高达数千斤，既可以是人吃的主粮，也可以粉碎后，做家畜家禽的饲料。

种高粱是为了收获高粱秆，高粱穗子和高粱秆用来盖房，或者编成锅排（当地读 pěi）子或者盛东西用的篓，盛粮食用的囤。高粱不高产，收获的高粱，也可以打成粉，做成馒头就是粗粮馒头。粗粮做的面食都不好吃，粗糙得很，吃起来拉嗓子。

秋冬作物收割入仓后，红芋入窖，玉米入囤，就开始了长达半年吃杂粮饭的时候。早晨一般是红芋、胡萝卜加水煮一大锅，锅边贴一圈杂粮饼子。中午或晚上，还是红芋、胡萝卜加水煮一锅。

庄稼人认为吃盐才能有劲干活，所以有时候中午或晚饭会吃一顿杂粮面条。但是，红芋、胡萝卜饭，会一直吃到来年的春夏之交，等到小麦收获了，才能有所改善。

家家都养好几头猪，红芋和胡萝卜会多煮一点，人吃剩下的，直接在锅里再添水，加入麦麸和碎菜叶，再烧一下，和一和，倒给猪吃。人吃的饭，有时候并不比猪强多少。

红芋饭和饼子，极不耐饿，几泡尿下去，一泡屎拉下，肚子就空了。肚子空的感觉，就是前胸贴后背的感觉。

一直到今天，我对红芋粉制成的食物，如红芋粉丝、烤红芋，都心存戒备。虽然知道胡萝卜有营养，如果饭桌上有胡萝卜丝什么的，我基本上不会动筷子。

肉是稀奇的食物，大多数人家，一个月到两个月，能吃上一顿肉已经很奢侈了。猪肉饺子只有过年过节的时候才会有，平时只能吃到素馅的。

虽然吃不到猪肉，但是家里养的鸡鸭，还有兔子肉还是能吃到的。养鸡和鸭，都是用来下蛋卖的，不舍得吃。只有老到不下蛋的鸡鸭，才会在逢年过节的时候吃掉。

养兔子，是为了卖兔毛，也是兔子得病死了之后才会舍得吃。

小时候，我摆弄过的死兔子不下几百只。把兔毛拔光了，找一根绳子把死兔子吊在树上，环兔子脖子，切下刀口，扒下兔皮，再划开肚子，清洗一下，加上生姜和红辣椒，炒出一锅好菜，一家人就此饱餐一顿。

有时候，那些死在沟里或池塘里的猫啊狗啊的，也会被人捞出来，洗洗涮涮，吃掉。村里也有孤寡老人，因为吃了被河水泡得发臭发绿的死狗或死猪，结果得了痢疾病，死了。

饥饿让人失去的不仅仅是尊严，有时候是性命。

肚子里没有油水，特别容易饿。春天或夏天，每天上到第三节课的时候，肚子就开始咕咕地叫，没有办法，只好用罐头瓶自制的水罐，跑学校的井里打半罐水，猛灌一肚子。喝了不干净的井水，拉肚子就成了常态。

夏天，菜园里的葱、西红柿、黄瓜，都是可以生吃的。放学的路上，偷几根葱和几根黄瓜，一边走一边吃。树上有果子，比如桑葚什么的，不管青的红的，捋一串，塞嘴里。

每天上学的路上，看到谁家门口晒了咸干酱豆，也会飞快地抓一把，藏在衣服兜里，课上饿了，就偷偷塞几粒在嘴里。吃了太多的咸豆子，容易渴，渴了就得去灌凉井水。

饥饿曾经让我变成了小偷，为了填肚子，我偷过别人家的鸡蛋、酱豆、黄瓜和田里的西瓜。

饥饿可以让人的尊严薄得像一张千疮百孔的纸，毫无价值。为了吃上肉和白面馍，只有走出农村，这也是母亲经常教育我的，不好好学习，你以后吃啥？

后来，通过考大学进了城市，改变了命运，鸡鱼肉蛋变着花样吃，吃出了脂肪肝，吃出了高血脂，吃得脑满肠肥。

虽然饥饿成就了我，但是，我一点不感谢它。它伤害了我，让我曾经活得不像人样。

墙上的标语

村里每幢超过 50 年的房子,都有自己的故事。

居者有其屋,和人关系最密切的是房子,社会的进步,时代的变化,都体现在建筑上。

近几十年,中国城乡面貌焕然一新,崭新的马路,高耸的楼群。我们这个据说有六百多年历史的村庄,现在连 30 年以上的房子都看不到了。

50 年来,土坯房变腰子墙的瓦房,腰子墙变全青砖瓦房,瓦房变楼房。有钱就盖新房子,房子不仅仅是用来住的,更多的时候代表着财富和面子。

日子在翻新,房子在翻新,和老房子一起消失的,还有那些写在墙上的标语。

标语是时代的纪录,是生活的一部分,在时光的变迁中,标语在不断更新。

村里都是土房子的时候,标语不多,墙上的土不结实,风吹雨淋容易脱落,刷上去的标语,没几年就残缺不齐了,只剩下一些笔画和标点符号。

在一些雨水淋不到的地方，或者屋檐下，还有一些红色的标语，最熟悉的就是“伟大的毛泽东思想放光芒”，“忠于毛主席，忠于毛泽东思想，忠于毛主席的革命路线”和“战无不胜，攻无不克的毛泽东思想万岁！万岁！万万岁”，“农业学大寨，工业学大庆”。伴随那些标语，中国城乡经历了十年风云。

我刚识字的时候，村里已经实行家庭联产承包责任制，农村有了新面貌。村里靠大街的南北两排房子，都刷了一些标语，都是和土地政策有关的，有“分田到户就是好”，“实行土地改革，执行家庭联产承包责任制”，“逐步完善和稳定家庭联产承包制”，“村看村，户看户，联产承包齐致富”和“坚决执行党的十一届三中全会政策”。具体这个政策是什么内容，估计十个人有九个不知道，也不懂。

我们村小学在村子东头，1984 年左右，学校盖了一排腰子墙的瓦房，一个四四方方的青砖院子。

我上小学一年级的时候，学校四周的墙上，都写满了标语。南大门的左侧是“教育要面向世界，面向四个现代化”，右侧是“五讲四美三热爱”。院子的西墙是“努力学习，振兴中华，为中华之崛起而读书”，这些镶着红边的白字，每个都有一米多高，离几里路都看得到，很醒目。

墙上的标语，一般都和政府的工作重点同步。几年后，计划生育成了农村工作的首要任务，很多墙上都刷上了“计划生育好”，“计划生育是国家基本国策”，“计划生育利国利民”，“晚婚晚育，少生优生，幸福一生”。

也有一些破除重男轻女思想的，像“生男生女都一样，女儿也是传后人”，或者“时代不同了，男女都一样”，“控制人口数量，提高人口素质”。

计划生育的标语，墙上最多，也最热闹。每隔一段时间都会更新，有红漆写的，也有白石灰刷的。“一胎上环，二胎结扎，坚决杜绝三胎”，“计划生育夫妻双方都有责任”。

计划生育风潮在1995年之后，渐渐平息，为了谋生活，村里的大量青壮男女都进城打工了。国家的工作重心转向了发展经济，见识了城市人的生活，乡村人的生育观念，一下子改变了很多，生男生女不再需要教育，而且即使放开生育，也极少有人愿意生两胎以上的子女。

发展经济，成了全国城乡从上到下的主流思想，关于经济和土地政策的标语成了主流。“大力发展乡镇企业，振兴市场经济”，“办工厂，办企业，发展美丽乡村”，村里的标语刷了很多。可是，这些标语只闪现了几年，因为，开始了社会主义“姓社姓资”的讨论。

乡镇企业停办了，标语也在雨水中慢慢浸染消退了。乡镇企业红火的那几年，我们村部办还办了一个翻砂厂，据说生产的杠铃片，还出口到了欧洲。

上级不给办了，只能停产，翻砂厂的工具被在厂里上班的村民分了，厂房也荒废了。那条“安全生产，力争第一”的标语，也随着房子塌掉，消失了。

1992年，邓小平南方谈话之后，结束了中国姓社姓资的争论，墙上的标语刷新了，“建设有中国特色的社会主义”和“坚持共产党的领导，走中国特色社会主义道路”刷在村里最显眼的位置。

农民工大潮来了，农民进城，村里的年轻人少了，村里热火朝天的生活,渐渐变得冷清,只有春节前后,村庄才有人丁兴旺的模样。

实行分田到户很多年,群众大会也很少召开,村民渐渐失去了集体生活的机会。有了电视机,很多政策都在电视上播放,墙上的标语越来越少了。倒是一些卖化肥种子农药的广告和各电信运营商的套餐广告,刷遍了村庄最漂亮的墙。

和以前不一样,现在位置好的一面墙,刷一年广告,据说可以收入好几百块呢。广告算不算是新一代的标语呢?这个真不好说。新一代的孩子,大约会从认识那些斗大的字开始自己的人生。

飞檐走壁的武侠梦

每个孩子都做过飞檐走壁、行侠仗义、拯救世界的梦。

这些梦，会在成年后，人胖到连一个引体向上都做不了的时候破碎。

然后，发现所谓的飞檐走壁，不过是电影里的特技，人间没有。

武术是中国特产，门派众多，经久未衰，直到今天，仍然有不少武术大师，用挑战拳击格斗狂人徐小冬的方式，以证明武术的精髓。

胜败乃兵家常事，只要不被打坏了脑子就好。

如果国外摄制组拍中国人的生活，他们必取的三个镜头，一定是武术、京剧和书法。如果是建筑，一定是长城、天安门和故宫。

李小龙的电影火了之后，英文里又多了一个词语：Kungfu。功夫，是中国武术的别称。

其实我个人觉得李小龙或者成龙表演的功夫，融进了格斗和散打术，有实战功能。而中国传统武术，有严格的套路和招式，具有很强的观赏性，适合强身健体。

在评书和武侠小说里，除暴安良的英雄都有一身了不得的本领，会轻功，能使暗器，脚一顿就上了树梢，手一挥就倒下一大排小喽啰。英雄总是臂举千斤，掌能开石。总而言之，刀枪不入，孤身过敌营也毫发无损。

皖北自古尚武，在我们村子，练武，学习棍棒，一般都叫学拳。练武热潮出现是在电影《少林寺》播出之后。在我们家，最直接的影响是我二哥成了一个地道的武术迷。为了成为武林高手，练就一身钢铁筋骨，他竟然强烈要求退学，去河南少林寺拜师。

相比读书，二哥在练武上要刻苦多了，他的师傅要求他无论春夏秋冬，都要日出之前起床练长跑，他还真做到了。每天天不亮，他就悄悄起床，绑上自制的沙袋，沿着村外的田埂，狂跑一个小时。然后，依师傅的要求，又在村西头的池塘边上打一套大洪拳和小洪拳。

二哥小时候多病多灾，父亲觉得练武能强身健体，对二哥迷恋武术，采取的是默许的态度。

二哥在门前的两棵枣树间拴了吊环，又买了大小两对石锁，吊起沙袋，竖起树柱。没事的时候，就呼呼地一阵猛击。碗口粗的枣树，他一脚踢上去，竟然能噼里啪啦落下几颗枣来。几年过去，门口的树，被他踢死踢断了好几棵。兴致来了，照猪屁股上也是一脚，然后猪就蹿出去好远。猪记吃不记仇，脾气好，没跟他计较。

会点套路的二哥，俨然成了本村少年的武术教头，跟他屁股后面混的人也多了起来。这帮乡村贱娃子，天天在我们家的院子内外，耍吊环，抡石锁，或者打沙袋，弄出的动静，吓得我们家的鸡都趴在树梢上，天黑了也不敢上窝，猪和羊都远远地看着，不敢进圈门。

父亲语重心长地教育我二哥要以学业为重，不能练武扰民，更不能因为会几下子，就出去打架惹事。

可是二哥还是打了一次架。

本村一个少年，和邻村的一个姑娘相亲，到了谈婚论嫁阶段，结果，那家人不守信，一女二嫁，把姑娘许了别人家后，又不愿意退彩礼。二哥被他的好兄弟拉着，去邻村要钱，当然，更多的是为了出口气。

一群小半截橛子拎着棍棒就打上门去了，据说一动手，就分了胜负。

这一仗，二哥打出了名，他也因此成了地方小痞子比较害怕的人。

我爹慌了手脚，和我二哥进行了长达半天的谈话。两人立下铁规：天黑之后，绝不允许迈出家门，否则，出去就永远不要再进来。

可是，我们家的院墙高不过两米，在二哥眼里根本算不了障碍，他抓住墙头，一个纵身，就翻了出去，及父亲听到动静再去制止，他早跑出去几百米了。

父亲的威慑还是有点作用的，二哥保证不再参与打架，偷跑出去只为练武。父亲不信，执意要跟着二哥去见他的师傅。无奈之下，二哥保密了几年的师傅，终于走到了前台。原来，所谓的“老师傅”就是我们村的一个退休老教师。

16 岁那年的秋天，二哥执意退学去少林寺。父亲拗不过他，只好让他跟着一个熟人在冬天去了上海，学做麻片。

据说，即使累了一天，在上海的某地下室里，他还是要乒乒乓乓打上几脚拳，踢上几脚。那个亲友觉得把二哥留在上海，早晚会和上海的街头青年发生矛盾、比划拳脚，带他做了两年，就不带他了。

无路可走，二哥选择了参军。他自己偷偷报了名，在镇上找了父亲的熟人作保，顺利过关。等领兵的人到我家家访时，我们才知道消息。

可惜部队除了军体拳，根本没有二哥发挥的余地。几年之后，他从报务员，转岗当上了连里的司务长，每天忙着买菜和打杂，哪有时间练武？

两年后探亲回来，二哥默默地把吊在院子里的吊环拆了，沙袋扔了，石锁送人了。收藏的几十本《精武》《武林》和各种拳棒套路书，都一一收进了纸箱，束之高阁。那个天天横劲没处使的年轻人，变得知书达理了。他身上，再也看不到血气方刚，剩下的是成人才有的温顺与老成持重。

二哥探亲结束，我送他上火车，挥手之间，我觉得二哥算是真正告别了他的习武生涯，告别了学拳的岁月。

1990 年，在青町火车站，看着身着军装的二哥稳健地汇进人流，大踏步上了车厢，我知道，我们都告别了少年，长大了。

青町火车站往事

八岁那年，我才第一次见到火车和火车站，去的是离家十多里地的青町站。

青町火车站是青阜线上的一个三等小站，几间票房，一个简陋的候车大厅。

汽车稀少的年代，远行的人从这里出发，与亲人挥别，踏上去远方的路。而归来的游子，也在这里踏上故乡的土地。车站，是分别和重逢交替发生的地方。

20 世纪 80 年代乡村的夜晚很静，顺风的时候，隐约能听到火车呜呜呜的叫声，以及咔哒咔哒的奔跑声，仿佛距离很近。其实，最近的火车道离我们村也有七八里地远。那时候耳朵尖，声音听得很清楚。

我一直想看火车，可惜没有人带我去，大哥在离家二十多里地的龙山中学读书，半个月才回来一次，我就求二哥带我去看。二哥很爽快，手一挥，说，走吧。他掏腿骑着我家带大杠的老永久，后座上带着我，去了青町火车站。

第一次站在火车站台上，我激动得不知所措，火车还在很远的地方，脚下的地就被震得直颤，当扑哧扑哧喷着白色蒸汽的火车头轰隆隆地开过来，列车扇起的风呼到脸上，恐惧在第一时间代替了兴奋。

火车喘着粗气停下来，一个戴着大檐帽挥着小旗子的人走过来，喊所有人往后面站，我才迷糊过来。

那天，从火车上下来的人很少，上火车的也不多。在我眼里，能坐上火车的人，都是有本事有地位的人。那些捏着车票，等着上车的人都穿得很光鲜，男人气宇轩昂，女人肤白貌美。我为自己穿了一双露脚趾头的鞋子感到羞愧。

看完火车，回家的路上，心情激动到久久不能平静。哪一天，我才能坐上火车，去很远的地方呢。

二哥说："你坐火车去哪里呢？咱们家没有城里的亲戚，没有人在城里工作，出了门都没有饭吃。"

但是，我还是幻想着车站分别和重逢的场景，这样的画面很感人——至少可以写在作文里面。

以后怎么才能坐上火车呢？这个问题困扰了我们兄弟俩一路。在我的眼里，火车代表外面的世界，也是一个遥不可及的梦。

后来，我又偷偷去了两次车站，是为了在火车的铁轨上轧飞刀。

那时候有一个武打电影，里面有一个高手擅长从袖口里甩带着红缨子的飞刀，还会用绳鞭。村里尚武的少年，都去铁匠铺里买这种飞刀和绳鞭头子。

可是铁匠铺里的飞刀太贵了，就有人想到在火车轨道上放根粗铁条，火车走过之后，铁条就变成了铁片，稍微用铁锤砸一下，用磨刀石磨一下，就变成非常锋利的小刀。

二哥把几枚印着袁大头的紫红色铜钱放在铁轨上，火车一过，铜钱变成了薄片，只是，每次轧得并不理想，铜钱周边都轧出了锯齿。他的愿望是轧成刀片。

后来，我家的抽屉里，放了好几只这种轧失败的铜钱。后来，这些铜钱都被缝进了鸡毛做的毽子里。

来来去去的火车，是我的一个梦。没想到几年之后，我还真坐上了火车。

15岁那年的秋天，我第一次坐火车。这是一件让人既兴奋又悲伤的事。兴奋的是我终于坐上火车了，悲伤的是我得了心肌炎，父亲要带着我去蚌埠医学院附属医院看病。

从票房里买了车票，激动地坐在候车室里等了两小时的火车。小硬纸片做的火车票，在我的手心里被汗水浸湿了。

排队上火车，按座位号坐好，父亲坐我对面，我俩身边是另一对老年父子，从他们的谈话里，知道他们从郑州来，要到徐州去，他们客气地递烟给我父亲，问我们到哪里去，干什么。

父亲不太想搭理他们，就一路上沉默地坐着。我现在记得那趟火车是绿色的硬座，薄薄的皮子下面，有一层海绵，很柔软。

看到熟悉的大地和村庄飞快地向车后面闪去，还是非常兴奋的。到今天，我仍能背出自青町到蚌埠站之间的很多站名，比较特别的是西寺坡和青龙山。西寺坡，我老是记成西柏坡，而青龙山站，从蚌埠开往阜阳方向，要在这里换一下车头，坐在车里，等了半个小时之后，火车开始倒着开。

坐火车要起得非常早，天不亮就得从家出发，到火车站买好票，就着从车站里讨的开水，啃着从家里带的菜饼子，算是吃了早餐。

父亲心疼钱，从不肯在火车上买吃的。早晨出发，傍晚才能到蚌埠，要饿一天，直到下车，他才会带我在火车站附近买一碗面条吃。

青町站到蚌埠站，蚌埠站到青町站，一两年的时间，每隔一两个月，我就要坐火车去一下蚌埠医学院附属医院复诊，有时候住一个多星期，有时候只需要一两天。

次数多了，我对坐火车也失去了兴趣。并不是所有的火车都有皮椅子，有的硬座就是两排木椅，坐时间长了，硌得屁股疼。

青町火车站这样籍籍无名的小站，也上过报纸和电视，都是因为重大车祸。

说一个比较惨烈的。

大约是 1980 年前后，青町召开了一次全区群众大会，很多人走路或骑自行车去参加大会。有一个位于青町铁路北边的村庄，很多人是坐着大卡车来去的，结果卡车在翻越铁道的时候熄火了，恰巧一列火车就撞了过来。

据说，这次事故造成了几十人死伤，卡车被撞得七零八落，轨道上布满死伤的人。我们村的几个邻居，被干部从会场上喊到事故现场救人。中午都吃过午饭了，邻居才披着沾了一身血的衣服回到家。

村人哪见过这种场面呢，都围过来问情况。邻居说，现场根本没有活的了，到处都是死人，血水都淹没了铁轨下的枕木。

邻居的媳妇觉得晦气，让他脱得精光，把一身衣服都扔到了河沟里。

很长一段时间,那个充满凶煞气的道口都没有人敢过,行人少了很多。一个村庄一夜之间多了几十座新坟,这件事也被谈论了好几年。

不知不觉,绿皮蒸汽火车,换成了红白色杠相间的柴油火车和电气火车,速度越来越快。

当动车出现的时候,支线上的火车站一个个寂静下来。没有了客流,连县级火车站也日渐萧条,青町站也成了货运站,没有人从这里上车和下车了。少年时的那些趣事,成了流年的碎影和片段,散落一地。

青町火车站是青阜线上的一个三等小站，
几间票房，
一个简陋的候车大厅。
汽车稀少的年代，
远行的人从这里出发，
与亲人挥别，
踏上去远方的路。
而归来的游子，
也在这里踏上故乡的土地。

乡村渐远，城市渐近

一年里，只有春节前后的十来天，村里最热闹。

大约过了腊八，外出打工的乡亲，陆陆续续地回来了。村里的车和人都多了起来，安静的村庄，一下子变得热闹起来，多了些生气。

大街上，好久没见的发小和老少爷们，互相递烟，寒暄着，问彼此"混得怎么样"，"什么时候买房"，或者"在哪里发财"。

每个人的穿戴和递出香烟的档次，暗示收入的多寡。或是好久没见的缘故，彼此的笑容和语气里，都多了一些略带夸张的客气。

先敬罗衣后敬人，身上的皮衣，腕子上的手表，脖子上的金项链，或者耳朵上的金耳环，这些一眼看得见的标签，都显示这一年过得还不错。

除了穿戴在身上的东西，现在又加上了小轿车。有了城市生活的经验，大家都能判断出一些进口车和国产车的牌子与价格。

春节前后，乡间的小路一年比一年堵，挂着全国各地牌照的轿车和面包车，排着长队，蜿蜒在宽度不到三米的水泥路上。喇叭声四起，有了身在城市堵车的感觉。

开豪华汽车回来的人，飞驰在村边的马路上，有人没人都会多按几声喇叭。声音传得很远，赢来数双羡慕的眼睛。

崭新的轿车停在新盖的小楼前，这是一年年奋斗成果的集中展示。

随着回村人数的增加，村头的饭店就忙了起来，三五好友互相约了饭局，在饭店里一醉方休。也有约到家里的，七个碟子八个碗，坐了满满一桌，从中午喝到傍晚，再从傍晚喝到深夜。

混得好的人家门庭若市，混得差点的门可罗雀。这一点，也和城市越来越像了。

每个村里总会有几个发了大财的。要么跟对了大老板，承包了建筑工程，要么通过数年的努力，艰苦奋斗加上好运气，在城里扎了根，有了自己的事业。

也有混得不如意的，卷了铺盖回来，寻思着过了春节，再换一个城市，继续打拼。

几顿大酒之后，混得差的人央求混得好的人带着同去发财。

混，有敷衍了事得过且过的意思，这个字透露出的是对生活的态度，也是和这个地方根深蒂固的苦难有关。

大家都是在贫穷困苦里泡出来的，是外出打工，给了每个人改变命运的机会，只有脑子聪明的人发家致富快一些，老实巴交地卖苦力也赚不到什么钱。

20 世纪 70 年代末期的村庄，低矮而宁静。一排排土坯房，横七竖八地掩在树丛下,解决温饱,是每个家庭最重要而迫切的任务。现在不一样了,要有了更有,富了更富,离开乡村,进入城市,成为真正的城市人。

农村的变化,开始于1978年的十一届三中全会。

这项政策激发了农民渴望改变命运、创造财富的欲望。

土地联产承包责任制实行几年后,乡镇企业开始冒头,吃饱了肚子的农民,有了更多剩余的精力。村里办起了小作坊,大都就地取材,柳树多的地方打篓编筐,盛产芦苇的地方编席,树木多的地方生产家具,麻多的地方开始纺绳。

20世纪80年代中后期,我们行政村利用闲置的几个房间,建起了翻砂厂,就是生产举重运动员用的杠铃片。这些杠铃片,经过几道工序,认真打磨后,装车运往淮北,发送到城市,据说,还销往了国外。

翻砂厂的活很累,但是,挣到的钱比种地多多了,所以有些力气的年轻人,都要托关系才能进去打工。青年农民的主要就业去向是乡镇企业,即所谓的“离土不离乡,进厂不进城”。

托关系的人多了,大队干部就把人分成三班,日夜不停地生产。

那时候,农民还很淳朴,还没学会掺假和以次充好。所以产品销得快,订单也来得多。然而,蒸蒸日上的时候,火红的工厂突然又被叫停了。

老百姓当然不知道上面掀起了姓社还是姓资的讨论。只怪自己命不好。离开工厂,回家继续种地。

靠种地,只能吃饱肚子,要发财,还得靠副业。家家户户搞养殖,满村里都是猪羊。农业生产,一步步迈向机械化,本来要十个人干一天的活，用机械几个小时就干完了，农村有了剩余劳动力。

城市的大门向农村敞开了，农民一窝蜂地拥向了城市，在这一时期率先走出家门的，大多是农村中素有走南闯北传统的能工巧匠，和敢于冒险的青年劳动力。

到了1984年，中央在这一年的一号文件中首次明确了，允许务工、经商、办服务业的农民自理口粮到集镇落户。

村里第一批进城的人，去的是烟台、东莞和温州。

去烟台的人，是去捡破烂。去广东的人，主要是进各种电子厂。

捡破烂不要什么成本，只要一个尼龙袋子，沿着街边，一个垃圾桶一个垃圾桶地翻，从里面找塑料瓶和报纸，一天下来就能卖十来块钱。一个月下来，除去吃住，还能剩下一两百块钱。

此时，村镇的教师或者乡镇干部的工资，一个月不过百十块钱。而种一年地，不过三四百块钱。

但是，捡破烂又脏又累，名声不好听。虽然挣到了钱，但是，似乎衣锦还乡的人，被问起在城里做什么工作时，相比那些在城里餐馆刷碗洗盘子的人，他们总是有些躲躲闪闪，不愿意讲实话。

农村人总是要面子的。其实，后来，这些以捡破烂为生的人，纷纷在东南几个省会城市落地生根了，有的建起了自己的回收公司，有的还在当地买了楼房，落了户。

终年劳作却不得温饱的农民，像美国西进运动时期挖金子的矿工。城市，被描绘成遍地黄金的天堂，年轻的农民开始纷纷奔赴沿海城市寻找“副业”，以补贴家用。

一传十，十传百。村里几十口子人，都背着铺盖卷去了烟台。

村里去广东的人，大都是去了东莞，去浙江的人多是去温州或者金华。

东莞的乡镇企业很火红，有大量的制衣厂、皮鞋厂。当地劳动力已经严重不够用。工厂的老板说，回家的人，带来一个工人，奖五十块钱。

只过两三年，村子里的年轻人都背着编织袋，打着铺盖卷，去了大城市，村庄一下子变得空荡荡。

持观望态度的年轻人，在1989年春节到来的时候，再也坐不住了。春节一过，村头站满了外出打工的年轻人，大家群情激昂，提着大大小小的行李，天不亮，就等着乡村大巴车，争取挤上第一班班车，去火车站。

1989年的春节，阜阳火车站迎来一波又一波挤火车的农民。为了挤上火车，很多人席地而眠，睡在火车大厅，或者车站外临时搭起的大棚里。

中央电视台《新闻联播》捕捉到人山人海的画面。短短几十天内，来自阜阳方圆百十公里的几十万民工从这里出发，拥向北上广深等大城市。

不仅仅是阜阳，全国数百万民工拥挤在各大车站，南来北往。这场爆发性的聚集迁徙，一下子把全国的铁路、车站挤得水泄不通，有人把这一年称作民工潮元年。

也是从这一年开始，中央电视台《新闻联播》每年春节前后都把阜阳火车站当作反映民工潮的直播点。

面对汹涌的民工潮，国务院办公厅不得不发出紧急通知，要求“严格控制民工盲目外出”。新华社也发表文章宣传，“城市找活难，农村天地宽”。然而这依然无法挡住农民工外出的决心。

乡村的廉价劳动力，补充了城市劳动力缺乏的困境。农民工，成了媒体中经常出现的词语。

打工仔和打工妹，是城里人对农民工含有调侃和略带轻蔑的称谓。而来自农村的民工，对此却有一些自豪感。毕竟，在城市打工一个月，抵得上在老家种地一年的收入。

一二十岁的年轻人走光了，接着是四五十岁的中年人，甚至六十多岁的老年人，也背起铺盖卷，加入民工潮。

很多人不愿意种地了。一亩地，除去农药种子化肥和收种的费用，一年忙到头，也只不过六七百块的收入。所以，像舅舅这样的老年人，也宁愿进城打工，不愿意种地了。

珍惜土地的人，总是不忍心将土地撂荒，每年耕种的时节，还是匆忙抽几天空回来，匆忙地种了，匆忙地收，又搭车进城。

如果从1988年村里第一波到烟台捡破烂的进城风潮开始算起，到2018年，已经整整30年了。

村里人已经习惯了这种候鸟式的生活。有不少十几岁的孩子，虽然在村里出生，可是，自打出生后，几乎没有在村里生活过，长年跟随父母在打工的城市生活读书，他们已经习惯说普通话。

因为久不在村里，这些孩子已经不知道自己在村里的辈分，见到比自己大的喊姐姐哥哥，和自己父母年纪差不多的叫阿姨和叔叔，经常喊错了辈分。在我们这种单姓村庄，同宗同祖，几百年来辈分是规范长幼秩序的主要手段，也一直有严格顺序。现在随着人口的流动,很多年轻父母不再按辈分给孩子取名字,这也预示着源自于传统农耕文明的宗族文化在迅速瓦解。宗族对现代人的约束力,已经接近于零。

村庄不少人家,靠打工已经全家定居在城市,家里的土地,转让给亲戚朋友耕种。只有春节的时候,举家回来,看望亲友,诉说一年来的思念。

村里的凋零和城市的繁荣,几乎是同步进行的。没有了年轻人的村庄,除了每年翻盖起不少新的楼房,其他方面几乎停止了生长。

留守在村里的老年人,负责照顾孙子孙女们的衣食起居,负责接送他们上学。除此之外,这些孩子在不断成长的过程中,缺少了父母的陪伴。

村子里,盖得非常气派的小楼,也只有在春节这几天,才有了欢声笑语,有了一些家庭的气氛。而一些小楼,自盖好之后,几乎没有人住过,门前长出了茂密的青草。

30 年时间,城市在疯狂地生长,高楼大厦和建筑工地,每个行业,每个角落,都穿行着来自乡村的民工。

第三代农民工子女已经适应了城市的生活。但是,他们的户口仍然在农村。在春节来临的时候,他们仍然要抢购一张回老家的车票。这个时候,身份的困惑仍然提醒着他们,自己是“农村人”。

为了控制环境污染,很多城市已经不允许放烟花和鞭炮,那些长年生活在城市的孩子,回到乡村,可以痛痛快快放鞭炮了。

在震耳欲聋的鞭炮声里,乡下的春节,显得格外热闹。只是这种热闹只有短短的数日。然后,一切,又归于平静。

后　记

我不是一个勤奋的人。所以，这本书的出版推了又推。

自 1998 年起，我做过几年杂志记者，也做过几年报纸副刊编辑，之后又做了十几年的电视纪录片导演。这么些年，读书和写作在我的生活、工作中一直占据非常重要的地位。

电视纪录片是需要多工种配合才能完成的工作，而写作是一个人的事情。一个人想清楚了，文章就写出来了。

我这几年的时间，大部分都在做纪录片，也取得了一点成绩，但是，我最想做的事情还是写作。除了散文，我一直还想写本小说，这是个愿望。

智能手机霸占了我们日常的闲暇时光，短视频成为人们的主要观看对象。庆幸，还有认真读书的人，也有很多认真写书的人。每年，总能读到几篇让人会心一笑的文章，读到几本让人叹服的书。

读不读是别人的选择，写不写是我的选择。我不是畅销书作家，黄山书社愿意为我出版这本书，我是心怀感激的。

感谢微信朋友圈经常为我点赞的人，特别是宝葫芦集团的孙连峰先生、安徽大学的章玉政先生，时不时问我书出了没有。朋友们的热情，让我为自己的拖延症汗颜。

感谢我大哥于胜善，他帮我在村里进行走访询问，纠正了我记忆里的一些错误。

感谢我的侄女于蕙榕为这本书画了插画。她的画还有很大进步空间，我希望她未来可以画得更好。

感谢我的爱人宫彩侠和女儿于果然，每当我想偷懒，刷刷手机的时候，她俩总能及时发现，督促我回到电脑前。

感谢本书的每一位读者，我们在文字里相遇，仿佛完成了一次次握手。

于继勇

2021 年 12 月 29 日